集英社オレンジ文庫

キャスター探偵　愛優一郎の冤罪

愁堂れな

本書は書き下ろしです。

キャスター探偵 愛優一郎の冤罪

CONTENTS

イラストレーター／梨　とりこ

CHARACTERS

愛《あい》　優一郎《ゆういちろう》

金曜23時20分から始まるニュース番組『イブニング・スクープ』のキャスター。「奥様のアイドル」の異名を持ち、絶大な人気を誇る。記者上がりのため、徹底した現場取材をもとに番組を作る。

竹之内《たけのうち》誠人《まこと》

ミステリー小説家であり、愛の助手。勤め先が兼業を認めていなかったため、愛の個人事務所で従業員として働くことに。同居人でもある。もともと愛とは、高校・大学時代の同級生だった。

斎藤《さいとう》検二《けんじ》

警視庁捜査一課の刑事。一度、愛が番組である犯罪者の冤罪を晴らして以来、愛を目の敵にしている。

池田《いけだ》祥井《しょうい》

Nテレビの敏腕プロデューサー。愛を金曜のキャスターに抜擢した。愛と竹之内の大学の先輩でもある。

藤田《ふじた》正義《せいぎ》

斎藤警部補の部下の若い刑事。いわゆる「今どき」の、フットワーク軽く図太い青年だが、仕事はできる。

愛優一郎の冤罪

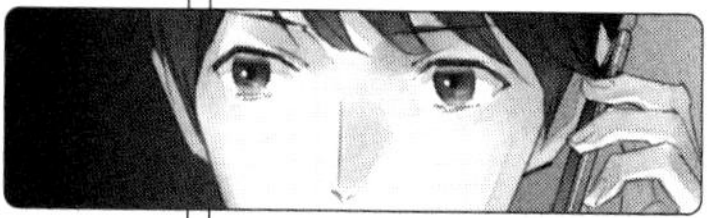

1

「ほんと、すみません。どうか仲直りしてくださいね」

担当編集の佐藤《さとう》が、僕と愛《あい》をかわるがわるに見ながらそう言い、席を立つ。

「こちらこそ、申し訳ありませんでした」

玄関まで彼を送るべく立ち上がった僕をちらと見上げた愛が、その視線を佐藤へと向け、万人の目を引かずにはいられない笑みを浮かべつつ口を開いた。

「竹之内《たけのうち》もそのうちに、己の愚《おろ》かさに気づくでしょう。佐藤さんにはご迷惑かと思いますが、見捨てず面倒見てやってください」

「なんなんだよ、その保護者面《づら》は！」

愛がわざとカチンとくるようなことを言っているのだとはわかっていた。子供な彼はそれで鬱憤《うっぷん》を晴らそうとしているのだ。

そこまでわかっているのに、言い返してしまう僕もまた、充分子供なのだった。

「保護者じゃない。友人兼雇用主として言ってるんだ。ああ、それから」

愛がここで姿勢を正し、どうだと言わんばかりに胸を張る。

「社会情勢に詳しい人間としての意見だ」

「……っ」

よく自分で言えるな――と、別の人間相手なら、僕もそう突っ込んだことだろう。しかし『金曜二十三時二十分の男』の異名をとる超人気のニュースキャスター、愛優一郎《ゆういちろう》に『社会情勢に詳しい』と言われては反論などできようはずがない。

奥様のアイドル、他の曜日の倍以上の視聴率を稼ぐ男。そして僕の高校・大学の同級生にして、先程本人が言ったとおり、今や雇用主でもある愛を僕は思い切り睨《にら》みつけたあとに、ふんっ！　と勢いよくそっぽを向き、傍《かたわ》らで困ったように立ち尽くしていた佐藤へと笑顔を向けた。

「行きましょう、佐藤さん」

「……なんだか、申し訳ないですね」

佐藤は困り切った顔をしていた。彼もまさか、このような展開になるとは考えていなかっただろう。

人前で恥ずかしすぎる口論をすることになったのは、すべてこいつのせいだ、と振り返った先では、愛がさも馬鹿《ばか》にした表情で僕を見返している。

本当にむかつく、と怒りを再燃させていた僕の頭には、それこそ大人げなく声高《こわだか》に愛と言い争うことになった一連の出来事が蘇《よみがえ》っていた。

僕、竹之内誠人《まこと》は、間もなく三十一になる駆け出しの小説家だ。二年ほど前まで大手と言われる電機メーカーに勤務していたのだが、記念受験ならぬ記念投稿した作品が選外佳作にひっかかったのを機に会社を辞め、昔からの夢だったミステリー作家を目指すことにしたのだった。

入賞もしていないのに思い切ったことをした――わけではなく、兼業禁止だと会社から申し渡されたために作家への道を諦《あきら》めようとしていたところを、偶然愛と再会したおかげで、彼の個人事務所で働きながら執筆活動も続けられることになったのだ。

愛は紹介するまでもなく、知名度では日本有数と誰もが認めるであろう人気のニュースキャスターで、僕とは高校・大学が同じである。

高校一年のときはそこそこ仲が良かったが、大学卒業時には、校内で会ったら挨拶《あいさつ》する程度の仲となっていた。

にもかかわらず愛は僕の投稿作を偶然だかなんだかで読んでくれており、会社から執筆活動禁止と言われたとわかると、自分のオフィスで働きながら書くといい、そして住むところがないならオフィスに住むといい、と、ありがたすぎるほどありがたい誘いをかけてくれたのだった。

僕にとっては実に幸運なことに、愛のオフィスに唯一いた社員が諸事情で辞めたばかりだったのだそうだ。

当時は会社の寮に住んでいたため、新しい部屋を探す必要があった僕は、一も二もなく愛の誘いに飛びつき、彼のもとで働くようになってから早、二年が経《た》とうとしている。

唯一――いや、唯二、くらいか。予想外のことがあった。まず、オフィスに住むといいと誘ってくれた愛のオフィスには愛も住んでいたので、結果として愛と同居することになったこと、もう一つ、意外だったのは愛の性格だ。

高校・大学時代の愛は、勉強も運動もできて、その上超イケメン、性格もいいという、まさに非の打ち所のない男に見えた。テレビ越しに観《み》る人気キャスターとしての彼も『完璧な男』だと思っていた。

が、実際共に生活してみると、愛は完璧からは程遠い、ちょっとした困ったちゃんだったのだ。

食事当番のときの彼の作る朝食は毎日グラノーラだし、ファッションにも興味がないのでオフはいつも決まり切った格好だし、番組出演時の服装も僕に丸投げだ。性格も天使のよう、というわけでもなく、やたらと僕への当たりがキツいときもあれば、僕が締め切り間際でテンパってるときにかぎって構ってもらいたがるという天邪鬼《あまのじゃく》な面もある。

とはいえ、基本的には『いい奴《やつ》』なことは間違いないので、職場も家庭も、それこそほぼ二十四時間生活空間が一緒という状況でも無理なく過ごせていた。

何より、愛がいてくれたからこそ、小説家になる夢を叶えることができた。そのことは感謝してもしきれない。

しかしその感謝の思いがあっても許せないようなことを今日、愛はしてのけたのだった。

愛は今日、彼がキャスターを務める番組『イブニング・スクープ』のプロデューサーにして大学の大先輩でもある池田《いけだ》にゴルフに誘われ、不在にしていた。ゴルフのあとは飲みになるから、帰宅は夜遅くなると聞いていたこともあって、普段であれば外でやるはずの担当編集の佐藤との打ち合わせをウチですることになった――のが、思えば間違いのもとだった。

「愛さんのオフィス、一度来てみたかったんですよ」

佐藤は愛のファンで、前々からオフィスを見学させてほしいと頼まれていたこともあり、事前に愛の許可を得た上で、オフィス兼自宅へと招いたのだった。

「さすが愛さん。東京湾が一望できる素敵な部屋ですねえ」

小川軒《おがわけん》のレイズン・ウィッチを手土産に現れた佐藤は見るからに浮かれていた。オフィスとして使っているリビングダイニングに通すと、目を輝かせて探索を始めた。

まずは窓辺に寄り、外を眺めたあとに部屋をぐるりと見回す。

「でかいテレビですね。何インチですか？」

「八十五インチです」

「この大画面にも愛キャスターのビジュアルは負けないんでしょうね」

凄《すご》いな、と感心した声を上げる彼に請《こ》われるまま、リビングの一角にある四畳弱の書斎スペースが実質的な事務所であると説明したり、仕事場兼寝室でもある自分の部屋を案内した。

「いやあ、堪能しました。ありがとうございます」

佐藤は興奮しっぱなしだったが、今日、彼がここへと来た本来の目的は、間違っても事務所見学ではなかった。

「それじゃ、早速打ち合わせに入りましょうか」

リビングの応接セットで向かい合わせに座り、佐藤が原稿の束を取り出す。

「こちらが雑誌掲載分のゲラです。単行本デビュー、おめでとうございます」

「ありがとうございます……っ」

そう。この度僕の初の単行本発売がいよいよ決まったのだ。これまでの雑誌掲載作に書き下ろしを加えた、六つの短編を集めた本となる予定だった。

この話を佐藤から最初に聞いたとき、時季外れのエイプリルフールかと思った。嘘《うそ》や冗談で言うことじゃないでしょう、と佐藤に呆《あき》れられ、ようやく現実だと把握できたものの、やはり信じがたいと暫《しば》し呆然《ぼうぜん》としてしまった。

「シリーズの評判がいいんです。特に先月の掲載作。童顔高校教師探偵のキャラクターが固まってきたのがよかったみたいです。それで単行本化の企画が通ったんですよ」

やりましたね、と握手を求められ、佐藤の手を握ってようやく、嬉《うれ》しさがじわじわと込み上げてきたと同時に、企画を通すために佐藤がどれだけ頑張ってくれたのかということにもようやく気づいた僕は、

「本当にありがとうございました」

と深く深く頭を下げ、どれほど感謝しているかを伝えようとしたのだった。

今日の打ち合わせは書き下ろしの内容についてだった。提出したプロットについて、佐藤の指摘に答え、ブラッシュアップしていく。

「……うん、これでいきましょう」

一時間ほどかけてお互い納得のいく着地点が見つかり、ようやく打ち合わせが終わりかけたそのとき、佐藤がこんな提案をして寄越した。

「ところでちょっと気が早いんですけど、単行本の帯に愛キャスターの推薦コメント、いただけないですかね」

「……え？」

思いもかけないことを言われ、僕は一瞬、答えに詰まった。

「せっかくのデビュー単行本です。なんとしてでも売りたいじゃないですか。愛さんからコメントがもらえれば話題になると思うんです。どうでしょう。交渉させてもらえませんか？」

「いや、その……」

愛は多分、断らないとは思う。でもそれってどうなんだ、と思わないではいられず、返答に詰まってしまったそのとき、リビングダイニングのドアが開き、噂《うわさ》の彼が――愛優一郎が「ただいま」と言いながら姿を現したものだから、驚いたせいで僕は普段には上げないような大声を発してしまったのだった。

「なんで帰ってきた!?」

「なんでって……ここ、僕の家でもあるってこと、もしかして竹之内はお忘れか？」

愛が戸惑った顔になるのに、

「そうじゃなくて！」

と言葉を挟む。

「今日の帰りは遅いって言ってたじゃないか！」

今はまだ午後三時を回ったところだ。今日のゴルフ場は栃木県だと聞いていた。夜の飲みがなくなったにしても早すぎるだろう、と驚く僕に愛が肩を竦《すく》めてみせる。

「それが池田先輩がラウンド中にぎっくり腰を発症してね。ハーフも回らないうちに中断したんだ。ご自宅まで先輩を送り届けたあと、帰宅したというわけさ」

ここで愛の視線が僕から佐藤へと移る。

「佐藤さんですよね。竹之内がいつもお世話になってます」

にっこりと微笑《ほほえ》み、軽く頭を下げる。全国の奥様を虜《とりこ》にせずにはいられない爽《さわ》やかな笑みは佐藤の心も虜にしたのか——勿論《もちろん》冗談だ。佐藤は来月、学生時代から付き合ってきた同級生とめでたく結婚の予定である——ぽーっとした様子でいたが、すぐさま我に返った表情となると、慌てて頭を下げ始めた。

「し、失礼しました。愛キャスター、さ、佐藤です。いや、こちらこそ竹之内さんにはいつもお世話になってます。オフィスに押しかけましてほんと、申し訳ないです！」

見れば佐藤の顔は真っ赤になっていた。愛のファンだと言っていたが本当だったんだな、と感心し、彼のためには愛が早くに帰宅したのはよかったのかもしれないと微笑ましく思う。

しかしそう思ったことを次の瞬間、僕は後悔することとなった。

「実は愛さんに、お願いがありまして！」

なんと佐藤が愛に、自《みずか》ら交渉を始めてしまったのだ。

「ちょ、ちょっと……っ」

止める暇はなかった。

「お願いって？」

愛に促《うなが》され、佐藤が身を乗り出し熱く訴えかける。

「実は！　竹之内さんの初単行本の帯用の推薦文を、愛さんにお願いできないかと思いまして！」

「佐藤さん！」

何を言い出すのかと、上げてしまった大声を愛の凛《りん》とした声が遮《さえぎ》る。

「帯ですか？　僕でよければ喜んで」

「いや、いいから！」

「本当ですか？　ありがとうございます！」

今度は佐藤が僕の声を封じるほどの大声を出す。

「このご時世、新人の単行本は本当に売上が厳しくて。それで帯に愛さんのコメントをいただけると、部決会議もこちらの希望が通りやすくなるので！　是非、是非！」

「ちょ、ちょっと待ってください！　僕、お願いしたいとか言ってないですよね？」

確かに僕には知名度がない。しかし、だからといって、愛の力を借りるのはどうかと、やはり思ってしまう。

愛の知名度をもってすれば、愛のファンが僕の本を手に取ってくれる可能性は出てくるかもしれない。だがその人たちは僕の本には欠片《かけら》ほどの興味も覚えていないのだ。

そうした人たちに本を買わせるのは申し訳なくないだろうか。何より僕は愛を利用するようなことをしたくはない。

それで僕は佐藤に思い留まらせようとしたのだが、なぜか愛が僕のその気遣いをぶっ潰《つぶ》しにかかってきた。

「多くの人に手に取ってもらう機会を増やすことは大切ですよね。出版業界、決して順風満帆という感じではないですし」

「そうなんです。業界はすっかり冷え込んでしまっていて、キャリアの浅い作家の本を出版することへのハードルは昔とは比べられないくらいに上がってるんです。愛さんにコメントをもらえれば話題になること間違いなしですし、是非、お願いいたします！」

「僕で役に立てるのなら喜んで」

僕を無視した形でどんどん話が進んでいく。

「できれば写真もお願いしたいのですが」

「写真ですね。了解しました」

「ありがとうございます！　それでその、ギャランティーなのですが……」

「竹之内は友人なのでノーギャラでいいですよ」

「えっ！　本当ですか！」

「ちょっと待ってください！」

このままではなし崩し的に愛に帯を書いてもらうことが決定してしまう。しっかり意思表示せねば、と僕は浮かれる佐藤に向かい、改めて大声を張り上げた。

「え？」

佐藤が我に返った様子で僕を見る。愛の視線も感じる中、僕は自分の希望をきっぱり、佐藤に告げたのだった。

「愛に帯の推薦文を頼むつもりはありません。愛の力を借りないと本が売れないということなら、それが僕の実力だと納得できますから」

「えっ？」

佐藤は僕が断るとは思っていなかったらしく、絶句した。一瞬の沈黙が訪れたそのとき、愛の呆れ返った声が室内に響き渡った。

「竹之内、君は馬鹿か」

「な……っ」

愛の僕に対する当たりは確かにキツい。しかし今まで面と向かって『馬鹿』と罵《ののし》られたことはなかったため、今度は僕が一瞬、声を失ってしまった。

「あ、愛さん？」

佐藤の上げた驚きの声でようやく我に返る。

「ば、馬鹿？」

佐藤がこうも驚いているということは、聞き違いではないだろう。しかし『馬鹿』まで言われる覚えはない、と僕は愛を、一体どういう意図で『馬鹿』と言い出したのだと、問い詰めようとした。

「ああ、馬鹿だ。本が売れなくて困るのは君じゃない。出版社だということがわかってないんじゃないか？」

「……っ」

まさに正論を言われ、ぐっと言葉に詰まる。問い詰めるまでもなく愛はそれからも滔々《とうとう》と、僕の『馬鹿』さ加減を指摘していった。

「僕の帯につられて君の本を手に取った人間がいたとして、それの何が悪い？　まだ一冊も本が出ていない君の名前を知る人物が、書店を訪れる人の中でどれだけいると思う？　君の名を知らない読者に、君の本を手に取ってもらうチャンスがあるなら、それを活《い》かすことを考えるべきじゃないのか？」

愛の言葉がグサグサと僕の胸に刺さる。

彼に言われるまでもなく、自分に知名度がないことはよくよく自覚していた。なのにな ぜ、こうも傷つく思いがするのか——そして腹立たしい思いになるのか、そこは自分でもよくわからなかった。

「とにかく、推薦文を依頼するつもりはない。前から言ってるだろう？　愛の力は借りたくないって」

「作品の内容についての話じゃない。売るためのツールとしてなら使えばいいじゃないか。何を意地になってるんだ」

「意地になってるのはどっちだ！　愛には関係ないだろう！」

「お、お二人とも落ち着いてください……っ」

いつしか僕も愛も興奮し、声高になってしまっていたようだ。佐藤がおろおろしながら止めに入ってくれたおかげで、僕も、そして多分愛も、そのことに気づかされたのだった。

「……すみません、恥ずかしいところをお見せして」

何も佐藤の前で喧嘩《けんか》をすることはなかった。困り切った顔の彼に頭を下げた僕の声に被せ、愛のバツの悪そうな声が響く。

「佐藤さんを困らせるつもりはありませんでした。本当に申し訳ない」

「あ、いえ、その、僕こそすみません」

深く頭を下げる愛の真摯《しんし》な謝罪に、佐藤があわあわと答えている。と、愛が顔を上げたかと思うとちらと僕を見やったあとに、またも僕を激高させるような言葉を口にした。

「竹之内君は僕が責任をもって説得しますよ。いい加減大人になれと」

「なんだって!?」

それはコッチの台詞《せりふ》だ。その言葉こそが大人になってない証拠じゃないか、と言い返そうとしたが、またも佐藤がオロオロとし始めたのを見て思い留まった。

「えっと、そしたら僕はそろそろ失礼しますね」

愛を怒鳴りつけるのをぐっと堪《こら》えた僕に対し、佐藤が頭を掻《か》きつつそう告げる。いかにもな作り笑いを見れば、引き留めるほうが申し訳ないことになるとわかったため、玄関まで見送ることにしたのだった。

「どうか仲直りしてくださいね」

と言われたにもかかわらず、彼の前でまた愛と言い争ってしまったために、いたたまれなくなったのだろう、佐藤は僕の見送りも待たず、一人玄関へと向かってしまった。

「あ、佐藤さん」

すみません、とあとを追い、玄関で改めて頭を下げる。

「重ね重ね、申し訳ありませんでした」

「いや、こっちこそ」

佐藤もまた詫《わ》び返してくれたあとに、どうしようかな、と一瞬迷うような顔となった。

「あの？」

なんでしょう、と問うた僕に佐藤は、

「なんでもないです」

と、あきらかに『何か』言いたいことがあるだろうに作り笑いで誤魔化すと、

「それでは失礼します」

と頭を下げ、部屋を出ていった。

「…………」

佐藤の言いたかったことはわかる。なぜ、そうも愛に帯を頼むのを嫌がるのか。僕の言うことより愛の言うことのほうが正しいとなぜわからないのか。いい加減大人になってください——そうしたことを言いたかったのではないだろうか。

自分でも子供じみていると思う。プライド——その一言で片付けるのはちょっと違和感があるのだが、いくら愛が正論を言っているとわかっていても、彼の厚意に甘えることにはどうしても抵抗があるのだった。

彼がギャランティーをもらってくれれば、まだ自分の中で折り合いをつけることができただろうか。いや、やはりできなかっただろうな、と考えながら僕は、愛のいるリビングダイニングには戻らず、自室へと向かった。

どさりとベッドに横たわり、天井を見上げる。

何が僕をああも激高させたのだろう。改めて考えてみても、理由はよくわからなかった。強《し》いて言えば、愛本人に、僕を取り巻く現実を指摘されたことか。わかってはいたが、他人に言われたのがショックだったと？

やはりプライドなんだろうか。愛への対抗心？　天下の愛に？　駆け出しの小説家の僕と愛を比べるなど、馬鹿げているという自覚はあれど、気持ちがついていってない、とか？

家賃も払わず、佐藤が羨《うらや》むこんな立派な部屋に住めているのも愛のおかげだ。確かに愛の仕事のアシスタントをしてはいるが、小説を書きながら、なんて我が儘《まま》を許してもらっているにもかかわらず、給与は前の会社よりももらっている。

ここまで愛に世話になっているというのに、なぜ帯を書いてもらうことには抵抗を覚えるのか。

「………コンプレックス、なのか？」

自問自答、といった言葉が口から零《こぼ》れる。

コンプレックスなんて、感じるに決まっている相手だというのに？　それこそ馬鹿みたいじゃないか。

やれやれ、と溜め息を漏らしたそのとき、ドアがノックされる音が響き、僕はベッドから起き上がった。

「はい」

さっき口論したばかりだということもあって、口調は自分が意識したものよりも随分とぶっきらぼうになっていた。

「明日行く予定だった取材前打ち合わせ、今先方から連絡があってこれから向かうことになったんだが、時間、あるか？」

ドアの向こうから響いてきた愛の声も硬い。

「…………」

時間は──勿論あった。書き下ろしの締め切りはまだ先だったし、プロットもだいたいオッケーをもらえていた。

愛の取材先は確か、今までどんなマスコミが依頼をしても『取材お断り』を貫いてきた、築地《つきじ》の人気レストランだった。

愛だから、ということで特別に許可が得られた、と池田と愛が喜んでいた姿を思い出す僕の胸に、もやっとした思いが宿る。

「……悪いけど、急には無理だ」

自然と口から『嘘』が漏れる。今日の予定は佐藤との打ち合わせのみであり、『無理』の理由は一つもなかった。

「そうか。わかった」

愛が淡々《たんたん》と答え、ドアの前から去っていくのがわかる。そのまま玄関へと向かったらしく、バタン、と玄関のドアが閉まる音がした。

廊下に出た僕の耳に、カチャ、と外から鍵をかけた音が響き、やがて静かになる。リビングへと戻ると僕が佐藤に出したコーヒーのカップは片付けられており、テーブルの上、僕が渡されたゲラやノートの横に、一枚の紙がぴら、という感じで置いてあった。

取り上げ、それが僕宛《あて》のメモというか手紙であることがわかる。

『竹之内　今日は遅くなる。食事は各々《おのおの》とることにしよう。愛』

「なんだこれ」

愛からの手紙だ、と察したとき、予測できた文面は『言い過ぎた』『悪かった』といった謝罪だろうと思っていた。

のに、なんなんだ、これは。しかもこうしてメモを残してあるということは、僕が誘いを断るのを予測していたということだ。

「……反省の色なし」

僕が反省していたかとなると、反省する間もなくこのメモを見たせいで、その気持ちは消え失せていた。

まったくもってむかつく。ぐしゃ、とメモを手の中で丸めた僕の胸で、愛への怒りが再燃する。

確かに正論ではあるが、考えれば考えるほど、失礼なことを言われたと、今更腹立ちが募ってくる。

こうなったらもう、意地でも帯など書いてもらうものか。売れないなら売れないでかまわない。いや、かまうか。僕はともかく佐藤に迷惑がかかるのは困る。

愛の帯をあてにする以外に、何か売れる方法はないだろうか。SNSで宣伝するとか？　しかし僕のSNSのフォロワー数なんてたかが知れている。

それ以外には？　何か、売れる方法はないだろうか。

「…………それ以前に、内容、だよな」

方法を考えるなんて、百年早い。そう。出版社が諸手《もろて》を挙げて宣伝してくれるような作品を書くのが先決だ。

もう、愛のことなんて知るもんか。もう一度、プロットを立て直そう。より、読んだ人に喜んでもらえるような作品にしたいから。

よし、と拳《こぶし》を握り締めたその拳の中に、むかつく愛からのメモがある。それを思い切りゴミ箱に向かい投げつけたが、縁に当たって入らなかった。

「あーもうっ！」

ゴミ箱に歩み寄り、丸めた紙を中に放る。むかつく気持ちを大きく息を吐くことで一緒に吐き出すと、気持ちを創作へと切り換えるべく自室へと向かったのだった。

2

「…………」

帰ってこない。

食卓で何度ついたかわからない溜め息を漏らし、時計を見上げる。時計の針は午前九時を指していた。

愛は『食事は各々とることにしよう』とはメモに残していたが、外泊するとは書いてなかった。

愛が外泊したことなど、僕がこの家に住むことになってから一度もなかった。愛は極端な出不精なのだ。そういや泊まりがけの取材は行ったことがあるが、プライベートでは一度も旅行をしたことがない――って、今はそんなことはどうでもよくて。

「なんで帰ってこないんだよ」

夜中になっても愛が帰宅しないので、さすがに心配になり携帯を鳴らしてみようかと思った。が、こちらから連絡するのもシャクだと、電話をかけるのもメールをするのもやめてしまった。

その後、プロットを考え直そうにもアイデアがなかなか出なかったので、気分転換に、とウイスキーを飲んでいるうちに飲み過ぎて、いつの間にか眠ってしまった。

目が覚めたのが朝の六時で、まだ愛が帰って来ていないと気づき、愕然《がくぜん》とした。そのまま目が覚めてしまったので起きることにし、今週は愛の食事当番だったにもかかわらず、かわりに朝食を作ったものの、愛が帰宅する気配のないまま、今、九時を迎えた、というわけだ。

どうしたんだろう。

意地を張っている場合じゃないとさっきメールも入れてみたし、電話もかけてみたが、メールには返信がなく、電話は留守番電話に繋《つな》がってしまった。

今日、愛の予定は、本来であれば、取材の前打ち合わせだった。が、それは昨日に変更になったという。

では愛はどこに？　取材先は確か、築地の人気レストランだった。取材後、夕食をそこでとったとか？　意気投合してそのまま泊まった？

「………なさそうな気がする……」

少なくとも、僕の知るかぎりでは、取材相手とそんな状況になったことはなかった。とはいえ、今回の取材先はマスコミ嫌いで取材NGのレストランのオーナーだった。愛なら、ということで取材を受けたというから、もしや、その人が愛を気に入って、家に招いたとか？

　取材をするためには店主に嫌われるわけにはいかないから、誘いに乗った——ということは、愛にかぎってはなさそうだ。

　だとしたら？　一番ありそうな解答は友達、もしくは恋人の家に泊まった。理由は僕と口論になったから帰りづらくて。

「…………ますます、なさそうだ」

　そもそも、愛に恋人はいないと思う。少なくともこの二年というもの、愛の周囲に女っ気はないと断言できる。

　愛は別に女嫌いということはないと思う。ただ、モテすぎるのだ。たいていの女性は愛に好意を持つ。それでトラブルが相次ぐことから、愛は女性との間に距離をとらざるを——とりまくらざるを得なくなった。

　今、愛の職場には女性は一人もいない。正確には一名いるが、彼女は恋愛の対象が同性にかぎられるがゆえに、愛も安心して仕事を共にしている。

　プライベートにも、僕の見るかぎり女性の影はなかった。彼の友人についてはよくわからない。学生時代から友人は多かったから、誰と一緒だったとしても別に不思議はないとはいえ、無断で外泊するなんて、やはり愛らしくないとしか思えない。

となると？

「…………………」

まさか誘拐？

いや。まさか。愛もいい大人だ。一日くらい、連絡なく外泊したからって事件に巻き込まれた可能性はどう考えても低い。

メールの返信がないのは、昨日やりあったからだ。考えてみたら、愛とああした大きな喧嘩をしたことは、今までなかったように思う。

意外に子供なところのある愛だから、あとを引いて、それで連絡をしてこないのではないか。夕方まで連絡が取れないようなら、心当たりに声をかけてみよう。

といっても、池田プロデューサーや『チーム愛』の連中くらいしか『心当たり』はないのだけれど。

すっかり冷めてしまっていた朝食を見やる僕の口から溜め息が漏れる。

いつまでも愛のことを待っていないで、取りあえずは朝飯を食べ、仕事にかかることにしよう。

それにはまずお味噌汁《みそしる》を温め直して、と立ち上がろうとしたそのとき、インターホンの音が室内に響き渡った。

「まったくもう」

愛はいつも、鍵を持っているくせにインターホンを鳴らす。僕はてっきりその『いつも』のパターンだと思い込み、心のどこかで安堵《あんど》していた。

まだ愛が怒りを引き摺《ず》っているのなら、こんなふうに僕に鍵を開けさせはしないだろう。こうしてまたいつもの日常に戻るのだ。一体どこに泊まったのか、白状させてやる、と思いながらオートロックの画面を見やった僕の目に飛び込んできたのは――。

「藤田《ふじた》君？」

画面に映っていたのは、警視庁は捜査一課勤務の刑事、藤田だった。とても信じがたいが、なんと僕の小説の読者――本人曰《いわ》く、ファンだという。

こんな朝からどうして、と応対した僕に、画面越し、藤田が口を開く。

「……竹之内さん、すみません、開けてもらえますか？」

「あ、うん。どうぞ」

小さな画面越しではあったが、藤田はいつもの彼とはまるで違うように見えた。『いつもの彼』はいかにもな今時の若者――しかもとても『イケてる』若者で、何事においてもスマートにこなす、顔も動作も『イケメン』という表現がぴったりの男だ。

しかし今の彼は酷《ひど》く焦っているようだった。何か嫌な予感がする、と、二つ目のオートロックを解除してやったあとは、到着を待つために玄関へと走る。

やがてインターホンが鳴ったので、既に鍵を開けていたドアを開くと、青ざめた顔の藤田が立ち尽くしていた。

「藤田君？」

「すみません、入ります」

藤田が短くそう言い、中へと入る。

とてつもなく嫌な予感がする。以前、藤田の上司、斎藤《さいとう》警部補が事件に巻き込まれたときにも彼はこんなふうに動揺したまま、この部屋を訪ねてきた。

今回は一体何があったのか。案内を請うより前に、勝手知ったる、と廊下を進んでいく彼のあとに続き、僕もリビングダイニングへと戻ったのだが、胸の中では不安がこれでもかというほど膨らんでいた。

「竹之内さん」

リビング内で足を止めた藤田が僕を振り返る。

「なに？」

「落ち着いて聞いてください」

　取りあえずは座ってください、と、藤田が僕をソファへと座らせ、自分も隣に腰を下ろす。

「……なんだ？」

　まさか。まさか愛が何か事件に巻き込まれたのだろうか。

　怪我《けが》をした、とか？　まさか死んだわけじゃないよな？　まさか。あり得ない。馬鹿なことを考えるのはよそう、と気づかないうちに頭を振ってしまっていた僕の肩を、藤田がガシッと押さえる。

「落ち着いてください」

「あ、うん。わかってる」

　聞く前から動揺してどうする。藤田は僕より年下だ。年下に心配されるなんて恥ずかしいぞ、と僕は相変わらず青ざめた顔色の彼に頷《うなず》いたが、自分でも嫌になるくらい、声は震えてしまっていた。

「……愛さんが……」

　喋《しゃべ》り出した藤田の声も震えている。彼は何を伝えに来たのか。知るのは怖いが知らないのはもっと怖い、と僕は藤田の顔を凝視した。

「愛さんが……警察に身柄を拘束《こうそく》されました。事件の容疑者として」

「……え？」

覚悟していたのは、最悪の『死』だったが、そうでなくても僕は愛が何かしらの事件に巻き込まれたものと思っていた。

その予想は当たったわけだが、被害者ではなく加害者だというのが意外すぎて、理解するのに時間がかかった。

「……容疑者……って、愛が？」

あり得ない。犯罪を憎んでいる愛が犯罪に手を染めるなど、あるはずがなかった。

「はい」

しかし藤田は僕の問いにきっぱりと頷いたあと、いかにもいたましげな顔になる。

「……あの、愛にはどんな容疑がかかっているんだ？」

駐車違反とか？　愛はその辺もきっちりルールを守っている。取材のために家宅侵入でもしてしまったか？　それはちょっとあり得そうな気がする。

しかしその程度なら、藤田がこうも取り乱すはずもない。だとしたら？　少しも想像ができない、と再度藤田の目を見つめた僕から目を逸《そ》らし、藤田が、愛の容疑が何かを教えてくれる。

「……殺人、です」

「さ、殺人？」

ますますあり得ない、と目を見開いた僕から目を逸らしたまま、藤田が概要《がいよう》を話し出す。

「……昨夜の十二時過ぎ、通報を受けて築地東署の刑事がフレンチレストラン『ボン・ニュイ』に踏み込んだところ、店のオーナーシェフ、清水野聖人《しみずのまさと》氏が殺害されていて、その傍《そば》に愛さんが立ち尽くしておられたそうです」

「愛は？　愛はなんて言ってるんだ？」

無実であるのなら――勿論無実のはずだが――弁明するはずだ。そう思い問いかけた僕に、藤田が首を横に振ってみせる。

「それが……愛さん、黙秘してるんです。頑《かたく》なに」

「黙秘？　どうして？」

無実であるのならなぜそれを主張しないのだ。わけがわからない、と唖然《あぜん》とする僕に、逆に藤田が問いかけてきた。

「わかりません。それより、竹之内さん、愛さんと『ボン・ニュイ』のオーナーシェフの間にはどんな関係があったんです？　『ボン・ニュイ』はマスコミの取材NGの店です。取材ではありませんよね？　お気に入りの店だったんですか？」

「……いや、それが……」

ようやく僕も、愛の身に何が起こっているのか、把握し始めていた。

「……取材を受けてもらえることになっていて、昨日、前打ち合わせのアポが早まったと言って、清水野さんのところに行ったんだけど……」

「なんですって？　清水野さんとの間には繋がりがあったということなんですか？」

藤田の顔色がさっと変わり、彼の口から、ぽつ、と言葉が漏れる。

「マズいな……」

「……マズいって……？」

問い返したあとに僕は、藤田の言葉を予測し、慌てて口を開いた。

「待ってくれ。確かに愛は取材に行ったが、『繋がり』というような関係はないよ。昨日が初対面だったはずだ。今まで愛の口からそのオーナーシェフの名が出たことはなかったと思う。初対面の相手を殺す動機なんて、ないよね？」

「……でもならなぜ、無実を主張しないんです？　なぜ、大人しく築地東署に身柄を拘束されているんです？」

「それは……」

藤田が勢い込んで問いかけてきたのは何も、僕に反論したかったからではないとわかっていた。彼にとってもまた疑問なのだ。その疑問は僕も抱くものだった。

「愛に聞かないとわからない……会えないのか？」

僕はともかく、藤田なら警視庁の刑事なのだし、と問い返す。

「……今のところはまだ。事件の担当にでもなれば別なんですが」

藤田は唇を嚙《か》み俯《うつむ》いたあと、そうだ、と何か思いついたようで顔を上げた。

「弁護士なら接見を許されると思います。愛さんが懇意《こんい》にしている弁護士さんとか、いませんか？」

「聞いたことないけど……」

愛の交友関係と合わせ、自分の友人知人を思い浮かべるも、法曹界に進んだ人間は誰一人思いつかない。

「ちょっと相談してみる……あ」

池田なら顔が広そうだし、テレビ局勤務でもあるので弁護士との繋がりもありそうだ。

池田の顔を思い浮かべたと同時に僕の頭に浮かんだのは『マスコミ対策』だった。

「愛が警察に身柄を拘束されたことは、マスコミに公表されるのかな？」

公表されれば大騒ぎになること間違いなしだ。それをまず池田に相談しないと、と、思ったがゆえの問いだったのだが、藤田の答えを聞き、安堵の息を吐いた。

「愛さんが超有名人ということと、被害者の店である『ボン・ニュイ』も有名店であることから、マスコミには箝口令《かんこうれい》が敷かれています。当面は事件について、ニュースになることはないはず……です」

「そうか……」

よかった、と頷いた僕に、

「しかし時間の問題ではありますが」

と藤田が言葉を足す。

「発覚が深夜だったために、さほどの騒ぎにはなりませんでしたが、それでも野次馬はいたと聞いています。ＳＮＳで拡散されてしまうかもしれない。そうした意味でもすぐにも真犯人を逮捕せねばならないのですが、それには愛さんの協力が必要なのに、一言も喋ろうとしないというんです」

もどかしげな顔になる藤田と僕も気持ちは一緒だった。

「まずは弁護士を探すよ。Ｎテレビの池田プロデューサーにこの件、話してもいいかな。絶対、公表しないことを約束させるので」

池田もマスコミの人間であるので一応、藤田の許可を得る。

「わかりました。聞かなかったことにします」

藤田はそう返事をしたあとに、

「取りあえず、僕も職場に戻ります」

と告げ、立ち上がった。

「捜査に加えてもらえないか捜査一課長に直談判します。できれば斎藤さんも一緒に」

「……心強いよ……」

藤田の上司、斎藤は、愛のことを表面上は毛嫌いしているが――心底嫌ってる可能性もないではないが――愛の推理能力を高く評価してくれているだけでなく、愛の人間性もわかってくれていると思われる。藤田も勿論それは同じで、二人が捜査陣に加わるのと加わらないのとでは愛にとって優位性が大きく変わることになるだろう。

「それじゃ、また連絡します。竹之内さんからも連絡をもらえますか？」

「勿論」

慌ただしく会話を交わしたあとに、藤田はマンションを出ていった。僕はすぐさま池田の携帯を鳴らし、ぎっくり腰で今日は自宅で療養中だという彼に、今、藤田に聞いたことを打ち明けた。

『なんだって？　愛が殺人事件の容疑者に？』

池田は仰天した声を上げたが、すぐに知り合いの弁護士を築地東署に差し向けると約束してくれた。

『なんだよ。俺が昨日、ぎっくりなんてやらなきゃ、こんなことにならなかったんじゃ……』

落ち込む池田に僕は、愛が取材することになっていた『ボン・ニュイ』について、詳細を聞いてみることにした。

「そもそも、取材NGだったんですよね。愛のほうで頼み込んだんですか?」

『いや、違う。番組宛にオーナーシェフから連絡があったんだ。愛に取材に来てほしいと』

「え? 向こうから?」

今まで頑なにマスコミを拒否していたと聞いているが、という違和感から、つい問い返してしまった僕に、池田は、

『俺も不思議だったんだよ』

と、やはり違和感を持っていたらしく、同調しつつも、経緯を教えてくれた。

『うちの局のバラエティで、取材NGの店に突撃、という企画があったんだよ。勿論、事前に説得して許可が出たところしか「突撃」はしないが、「ボン・ニュイ」はその企画を断った上で、「イブニング・スクープ」の愛に取材してほしいことがあると、連絡をしてきたというんだ』

「店の取材を愛に？　それなら、その『突撃』を愛にやらせるというのでは駄目だったんですか？」

池田が断ったんだろうか、と問い返すと、

『先方が「イブニング・スクープ」を指定してきたと聞いているよ』

と池田が答える。

「店の紹介、という意味での取材じゃなかったってことなんでしょうか」

『詳しくは聞いてない。清水野さんも——ああ、オーナーシェフの名だが——詳細は愛に説明したいと、窓口になった番組スタッフには何も語らなかったそうだ』

「……そうですか……」

清水野の死は、取材内容と関係があるのだろうか。それを知るのも愛だけか。やはり、愛に話を聞きたい。ダメもとで築地東署に行ってみようか。それ以外に何か、愛の巻き込まれた事件を知る方法は——？

「……あ……」

そのとき僕の頭に、閃《ひらめ》きが走った。

『どうした？　竹之内』

電話の向こうで池田が訝《いぶか》しげな声を出す。

「愛の取材先の情報、なんでもいいので教えてもらえませんか?」

『え? まさかお前、調べる気か?』

さすが池田、僕の意図を一瞬にして読み取った。が、彼の下した結論は、

『やめておけ』

というものだった。

「しかし……」

『今は警察の捜査中だろう。愛の関係者が頭を突っ込んだことが悪印象になりかねない。心配なのはわかるが、下手な動きはするんじゃないぞ』

いいな、と念を押すと池田は、弁護士に連絡を取るからと言って、早々に電話を切ってしまった。

「そりゃそうだろうけど……」

池田の言うことは正論だ。被害者の家族には悪印象を与えることになるかもしれないし、何より素人《しろうと》の僕に何ができるか、とも思う。

しかし、じっとしてはいられない、と僕は愛の部屋へと向かい、仕事机の上を漁《あさ》り始めた。

「あった」

取材の前打ち合わせに資料一式、持っていった可能性は高いと思っていたが、机の上に『ボン・ニュイ取材』というファイルが残っていた。

書類を取り出し、一枚ずつ捲《めく》ってみる。愛が独自で調べたらしく、そこには『ボン・ニュイ』の創業についてや、現在の従業員が何名いるかなど、詳細が書かれていた。

ざっと目を通し、次の書類を読み始める。オーナーシェフ・清水野のプロフィールと家族構成だったが、さすがは人気のフレンチレストランのシェフらしく、本場フランスの三つ星レストランで総料理長を二年務めたあとに帰国し、自分の店を持ったのが今から二十三年前のこと。マスコミ嫌いで一切メディアでの宣伝活動は行っていなかったというのに、五年ほど前、ミシュランの星を獲得するとあっという間に人気店となった。今では三カ月待ちとのことだが、それは店側で三カ月分しか予約を受け付けていないからである。

そういや前の勤め先の同期が、プロポーズをするために頑張って予約をとろうとしていたのがこの店じゃなかったか、と思い出す。

三カ月のうちに別れてしまったが、店の予約をキャンセルするのは勿体《もったい》ないからと僕が連れていかれることになった。

なかなか予約のとれない人気店ということだったが、こぢんまりした、言いかたは悪いが地味な店だな、と思った記憶がある。値段も手頃で、ここが三カ月待ちか、と驚いた。

味は確かによかったが、僕も一緒に行った同期も、舌が肥えているとはとてもいえない若造だったため、どのくらい味が『よかった』かということはよくわからなかった。

ああ。そうだ。そのとき確か、隣のテーブルのカップルの女性が料理の写真を撮ろうとしたのを、ギャルソンが注意したんじゃなかったか。

お高くとまってる、というような文句を、彼女はずっとぐちぐち言っていて、それを聞かされる彼氏は辟易《へきえき》した顔となっていた。アレは絶対別れるよな、と、恋人と別れたばかりの同期が溜飲《りゅういん》を下げていたことまで思い出す。

一回行ったきりだが、多分、間違いないと思う。記憶が覚束《おぼつか》ないのは、男二人なのが珍しいのか、他の客たちの注目を集めたのが恥ずかしくて、とにかく食べて帰ろう、と焦っていたからかもしれない。

愛の取材先はあの店か。一体何を取材してほしいと、被害者のオーナーシェフは考えていたのか。

ファイルの中にあったのはそれだけで、取材の内容を推察するのは困難だった。

それなら、と僕は書類をもとのファイルに戻すと、そのファイルを手に自室へと戻った。出かける仕度をすませ、鞄《かばん》にファイルを入れる。

まずは事件現場である『ボン・ニュイ』に行ってみよう。そこで店の人に話を聞くことができないか、トライしてみる。

警察の人間でもなんでもない僕がどこまでのことをやれるのかはわからない。門前払いとなる可能性は大だろうが、それでも何かをしないではいられなかった。

取材、ということにしようか。僕は愛の事務所『オフィス・Ａｉ』の従業員だ。愛のかわりに取材をしたいと言ってみよう。幸い、今まで愛の取材には数え切れないほどに同行してきた。愛が取材相手からどうやって話を聞き出していたか、近くで見ていたから要領はだいたいわかっている。

さすがに愛のように上手くはいかないだろうが、やってみよう。やるしかない。

よし、と拳を握り締めた僕の脳裏に、愛の顔が蘇る。

『行くぞ、竹之内』

そうだ。取材には僕は常に同行していた。愛は取材中、メモをとらない。僕は彼のかわりに取材内容をメモする役目だったが、愛は取材内容をすべて覚えているので僕のメモが役立ったことは今まで数えるほどしかなかった。

『僕はいらないんじゃないか』

何度か愛にそう言ったことがある。だが愛は、

『竹之内がどう感じたかを聞きたいんだよ』

と言い、取材相手と会うときには必ず、僕を連れていった。

しかし――。

『明日行く予定だった取材前打ち合わせ、今先方から連絡があってこれから向かうことになったんだが、時間、あるか？』

『……悪いけど、急には無理だ』

昨日にかぎって愛の要請を断ってしまった。直前の口論のせいで意地を張って。

もしも僕が愛に同行していれば、愛は殺人事件の容疑者になど、なることはなかったんじゃないか。

少なくとも愛と取材相手である被害者の間でどのような取材が行われることになっていたのか、その内容は把握できていたはずだ。

責任感とも罪悪感ともいえない思いに突き動かされ、僕は資料を入れた鞄を手にマンションを飛び出した。

築地に向かうには、銀座《ぎんざ》線と日比谷《ひびや》線を乗り継げばいいか。それとも都営浅草《あさくさ》線？　気が逸《はや》るからタクシーを使うか。

勢いのままに動いているが、果たして自分に、愛のような取材ができるのかという不安もある。しかし『やる』しかないのだ。できなくても。

愛にかけられているという容疑をすぐにも晴らしてやりたい。それ以前に、なぜ愛が黙秘を貫いているのかという理由も知りたい。

そのためには、まずは事件の概要を知る必要がある。概要と背景。そして被害者が何を愛に訴えたかったか。それらを知らないかぎり、動きようがないのだから。

頑張るぞ、と自身に言い聞かせる僕の脳裏に、愛の顔が浮かぶ。

まだ愛とは仲直りもできていない。

『昨日は大人げなかった。ごめん。取材についていくべきだった』

早く僕に謝らせてほしい。今、愛は留置場にいるという。不自由はないのだろうか。面会に行ったら会わせてもらえないか。差し入れをしたいと言ったら？　一通り事件のことを調べたら、築地東署に行ってみよう。

よし。再度拳を握り締めると僕は、一刻も早く現場に向かうべく、タクシーを求めて大通りを目指したのだった。

3

「竹之内さん！」

現場となった、築地の人気フレンチレストラン『ボン・ニュイ』前で僕は、思わぬ男と再会した。つい先程事務所を訪れた警視庁の刑事、藤田である。

「どうしてここへ？」

「君こそ」

問いかけに問いで返したあと、答えが予測できたためにそれを告げてみる。

「捜査に参加できるようになったんだ？」

「いえ。できなかったので有休をとりました」

「え」

まさかの回答に絶句した僕の目の前に藤田が、ぴら、と警察手帳を開いてみせる。

「でも手帳は持ってきましたんで」

「君、もしかして……」

独自に捜査を始める気か、と問おうとした僕の言葉を封じるように、藤田が口を開く。

「現場はまだ築地東署の刑事が頻繁《ひんぱん》に出入りしているので見るのは難しいでしょう。なので関係者に話を聞きに行こうと思うんですが、よかったら一緒に行きません？　そのつもりで来たんでしょう？」

「……まあ、そうなんだけど……」

しかし、と僕は藤田を見やった。

「君、大丈夫なのか？」

「バレたら多分、懲戒《ちょうかい》でしょう」

ニッと笑ってそう告げた藤田は、すぐに真面目な顔となり、

「でも、じっとしてはいられないんです」

と逆に僕の目を見つめてくる。

「竹之内さんもそうでしょう？　ここは二人で協力し合って、一刻も早く真犯人を見つけませんか？」

「……本当に大丈夫なのか？」

問いながら、絶対大丈夫なわけがないと思っていたのがわかったのか、藤田は苦笑しただけで、

「取りあえず、ご家族や従業員のところに話を聞きに行きましょう」

と誘ってきた。

「従業員……」

そういえば愛の机にあった資料に名前が書いてあった、と鞄の中のファイルを探る。

「それは？」

めざとく見つけた藤田に問われたので僕は、愛が取材前に用意した資料を見つけたことを彼に伝えた。

「予習しましょう。そこのカフェに入りませんか？」

すべてことが藤田主導で進んでいく。それを『助かった』と思う自分を情けなく思いながら、僕は藤田の指差したカフェへと共に向かい、それぞれコーヒーを買ったあとに奥のテーブルで向かい合った。

「まず、事件の概要から説明しますね」

藤田が手帳を開き、説明を始める。

「亡くなったのは『ボン・ニュイ』のオーナーシェフ、清水野聖人さん、五十七歳。殺害現場は遺体のあった店内に間違いないのですが、死亡推定時刻は通報により警察官が駆けつけた午前零時過ぎの一時間前。二十三時頃と思われるとのことでした」

「……通報してきたのは誰だったんですか？」

「匿名《とくめい》の一一〇番通報です。怪しい男が店から駆け出していくのを見た、と」

「匿名……え？　駆け出していく？　入っていくじゃなくて？」

殺害現場となった店内に愛は『いた』。ということは駆け出していったのは愛ではないはずだ。そう言いたいのがわかったのだろう。藤田が頷き言葉を続ける。

「愛さんがいつから店内にいたか、今、近くの防犯カメラの映像をチェックしているという話でした」

「愛は罠《わな》に嵌《は》められたということだよね？　警察が踏み込む時間に現場に呼び出されたと……」

「可能性としては高いと思います。が、何せ愛さんが黙秘していますからね……」

藤田が悩ましげな顔になり、溜め息を漏らす。が、すぐに気を取り直した様子となると言葉を続けた。

「凶器は店内にあった包丁でした。被害者の店のものだそうです。店には押し入った様子もなければ、盗まれたものもなかったとか。レジの中にあった前日の売上も手つかずでした。争ったあともなかったとのことで、隙《すき》を突かれたのではないかと、監察医は言っているそうです」

「……藤田君、君、すごいね」

　担当ではないと言っていたが、事件に関する情報は完璧といっていいほど揃《そろ》っている。誰かから聞いたにしても、さすが、としかいいようがない。感心していた僕に藤田は、

「なんのことはない。築地東署に同期がいるんです」

　と照れくさそうな顔で種明かしをしてくれた。

「僕が知り得た情報はここまでです。家族や従業員の情報までは時間切れで入手できていません」

「そんなに詳しくは書いてなかったけど、名前と年齢くらいは愛の資料にあったよ」

　情報をもらうばかりで申し訳ないと思っていたが、ようやくここで情報提供できる――とはいえ集めたのは愛なのだが――と、僕はファイルを鞄から取り出し、中の書類を藤田の前で広げてみせた。

「家族構成は、娘さんが一人いるけど別居、のようだ。被害者は店の二階に住んでいた。もともと自宅がここということらしい。奥さんは十六年前に亡くなっていて現在は一人暮らしということみたいだ」

「なるほど。店の上が住居だったんですね」

　藤田が頷き、書類を捲る。

「お嬢さんの名前は絵里花《えりか》さん。二十三歳。旅行代理店勤務。今、住んでいるのは吉祥寺《きちじょうじ》ですか。家族構成は娘さんのみなんですね。あとは従業員か。助手が二人とギャルソンですか。一人は十五年？　長いな。もう一人は三年。ギャルソンはバイトなんですね」

「兄弟子が山本《やまもと》さん、弟弟子が富士《ふじ》さん。ギャルソンが島津《しまづ》さん……住所がわかっているのは娘の絵里花さんだけか」

愛の資料にはそれぞれ名前くらいしか書いていなかったが、絵里花という名の娘さんのみ、吉祥寺在住ということと、マンション名が記されていた。おそらく、取材をするつもりだったのだろう。

「行ってみましょう。お嬢さんが関係者の連絡先を知っているかもしれません」

資料をざっと読んだ藤田の目は輝いていた。

「そうだね」

突破口となるのはやはり、娘だろう。頷いた僕に藤田も頷き返し、立ち上がる。

それから地下鉄とJRを乗り継ぎ、向かった吉祥寺で絵里花の住むマンションを探し出した僕たちは、捜査中の警察官とバッティングしないことを祈りつつインターホンを鳴らした。

『……はい』

暫《しばら》く待つと、ガサガサ、というマイクの繋がる音と共に、くぐもった女性の声が響いてきた。

「すみません、警察です。少しお話、お聞かせいただけないでしょうか」

藤田がインターホンのカメラに向かい、警察手帳を示してみせる。

『……またですか』

嫌そうな声は出されたものの、無事にオートロックは解除され、僕らは絵里花の部屋を目指した。

「今度は随分若い刑事さんなんですね」

ドアを開いてくれた絵里花が、開口一番そう告げたとき、彼女の視線は僕の上にあった。

「高校生じゃありません。こう見えて三十オーバーです」

僕のかわりに藤田がフォローしてくれた上で、絵里花に向かい深く頭を下げる。

「心よりお悔やみ申し上げます。一日も早く、犯人逮捕に努めますので」

「……ええ……」

絵里花のリアクションは僕が想像したものとは違った。

遺族の反応って、怒りだったり嘆《なげ》きだったりが前面に表れるものではないかと思っていたが、彼女はなんというか――投げやりだった。

年齢は確か、二十三歳だった。一言でいって美人だ。今は自宅にいるからかもしれないが、化粧っ気はあまりなく、服装も紺色のシンプルな感じのワンピースだった。緩いウエーブを描く髪は今、後ろで一つにまとめられている。顔が小さく、スタイルがいい。身長は百六十ちょっとに見えた。

旅行代理店勤務ということだった。ちょっとキツい感じがするのは、きりっとした眉のせいだろうか。

「それで？　今度は何をお聞きになりたいと？　私のアリバイ？」

「はい？」

問われた藤田が面食らう。

「わけがわからない。父が殺されたこと以外、何も教えてくれないのね。なぜ愛キャスターはあの場にいたの？　何を聞いても『今は申し上げられません』ばかりなのに、こっちへの質問は手を替え人を替え、やってくるなんて」

「あの、すみません。前にお話を伺った人間が随分と失礼をしたようで……」

藤田が真摯な口調、表情で頭を下げる。

「……それで、何をお聞きになりたいんです？」

それを見た絵里花は自分の攻撃的な態度が恥ずかしくなったようで、バツの悪そうな顔になると、ぼそ、とそう問うてきた。

「ありがとうございます」

真摯な表情のまま、藤田が再度頭を下げる。横で僕も頭を下げながら、一体何を聞けばいいんだ、と必死で頭を働かせた。

「お父さんを亡くされたばかりでお聞きするのは心苦しいのですが」

藤田が前置きをした上で問いを発する。

「誰かに恨みを持たれていたといったことはありますか？　殺した人間に心当たりは？」

「……頑固で気難しい人ではありましたけど、殺したいってほどの恨みを買うことはなかったと思います」

少し考えてから答えた絵里花に、藤田は問いを重ねた。

「最近、お父さんの身に何か変わったことはありませんでしたか？」

「わかりません。私、この一年、父には会っていないので」

「え？」

ここで思わず僕は、驚きの声を上げてしまった。

同じ都内在住で、一年間も顔を合わせていないってこと、あるんだろうか。一年の間にはお正月もあればお互いの誕生日だってあるだろう。

正月は旅行会社にとってかき入れ時ということかもしれないが、と不審に思ったのは僕だけではなかったようで、藤田が問いを重ねる。

「一年もお会いにならなかったんですか？」

と問いかける。

「……さっきの刑事さんにはむかついていたので喋らなかったんだけど……」

と、絵里花がなぜかまた、バツの悪そうな顔になり話を続ける。

「調べられたらすぐわかっちゃうことなので自分から言いますね。父とは一年前から冷戦状態で、口もきいていませんでした。お店の人から、父が体調を崩したとか、最近機嫌がやたらといいとか、そうした話は雑談の最中、聞くことはありましたけど、みんな私が父の話題を嫌がることを知っているので余程のことがないかぎりは避けてくれてました。なので本当に、最近の父のことは知らないんです」

「そう……ですか」

藤田が相槌《あいづち》を打ったが、表情は複雑だった。信じられない、という意味ではなく、あってほしくないという願望ではないかと思ったのは、僕がまさにそう感じていたからだった。

何があったかは知らないが、実の父親と揉《も》めたまま、その父が亡くなったというのは他人事《ひとごと》ではあるがやりきれないものがある。

しかし当の本人の絵里花はそんなやりきれなさを感じている様子はなく、実に淡々としていた。

「なので愛キャスターが取材に来る予定だったと聞いてびっくりしました。マスコミ嫌いで、絶対取材はさせないと言ってたはずなのに。どうした心境の変化なんだか」

「取材についても何も聞いてらっしゃらないと」

藤田の問いに絵里花は「はい」と頷いている。

「あの……」

どうにも気になって仕方がなくなり、思わず僕は口を開いてしまっていた。

「はい？」

絵里花の視線が僕へと移る。

「差し支えがなかったら、どうして冷戦状態となったのか、教えていただけますか？」

「…………警察が『差し支え』を気にしてくれるなんてびっくり」

「えっと……」

僕は『警察』ではないと話したほうがいいのでは。そうじゃないとゆくゆく、藤田の立場がより悪くなるんじゃないかと思ったため、身分を明かそうとしたのだが、感づいたらしい藤田に遮られてしまった。

「これは取り調べではありませんからね。お父さんを殺した犯人を一日も早く見つけるために、協力をお願いしているというだけですから」

「なんだか嫌みな言いかたね」

藤田の言葉に、絵里花はあからさまにむっとしてみせた。

「話す気、なくなったわ。『差し支え』があるから。それに私、父を殺した犯人が早く捕まろうが遅く捕まろうが興味ないので」

もういい？　と話を打ち切ろうとする絵里花に、さすがにそれはないだろう、と僕はつい、言葉をかけてしまった。

「そんなこと言わないでください。きっとあとから後悔することになりますよ」

「なんなのよ。この子」

『子』扱いされてしまったことにショックを受ける間もなく、

「いいからもう、帰って」

と絵里花に追い立てられる。

「すみません、従業員のかたについてお伺いしたいんですが」

藤田は食い下がったが、

「帰って」

と絵里花は一歩も引かず、結局マンションを追い出されてしまったのだった。

「頑なですねえ」

藤田が呆れたように溜め息を漏らす。

「なんか、ごめん」

僕が余計なことを言ったせいで、彼女の怒りの火に油を注いでしまったのは明白で、申し訳なさから頭を下げる。

「いえ、竹之内さんのせいじゃありません。彼女、何か隠してますよね」

藤田はそう言ったかと思うと、「ちょっとすみません」と断ってから携帯でどこかに電話をかけ始めた。

「あ、何度もごめん。『ボン・ニュイ』の従業員の居住、教えてもらえないかな？　山本さんと富士さん。ああ、あとバイトのギャルソンの子も」

どうやら彼は、築地東署の同期にかけているらしい。

「ありがとう。助かる。今度ディナーでも一緒に行こう。ご馳走《ちそう》するよ。それじゃ」

満面の笑みでそう言っているところをみると、どうやら教えてもらえたらしい。

「メールで送るとのことなので間もなく届くでしょう。場所は、富士さんのほうはこの近所だそうですよ。若いほうですね。山本さんは店の近くとか。あ、メール来ました」

藤田が僕に喋っている間に従業員たちの住所が記載してあるメールが届いたため、僕たちはすぐに、富士のアパートを目指した。

「本当に目と鼻の先ですね」

富士の住居は、絵里花のマンションの裏手にある、二階建ての古いアパートの一階、一〇三号室だった。

チャイムを鳴らすも誰も出てこないので、藤田がドアをノックし呼びかける。

「富士さん、いらっしゃいますか？　富士さん？」

「ちょっと、煩《うるさ》いんだけど」

と、隣の部屋のドアが開き、茶髪の中年女性が顔を出した。今まで寝ていたようでいかにも機嫌が悪そうだ。

「やっと帰って寝たとこなのに、なんなのよ」

「すみません、警察です。お隣の富士さんですが、お留守でしょうか」

藤田が笑顔でその女性に声をかける。イケメンの笑顔のせいか、はたまた『警察』という自己紹介のせいか、水商売と思《おぼ》しき女性は、途端に愛想よく対応をし始めた。

「留守だと思いますよ。このアパート、壁薄いので隣の部屋の音、よく響くんだけど、今は少なくとも留守だと思うわ。なんの音もしないから。また彼女のところにでも行ってるんじゃないの？　昨日も留守っぽかったし」

「昨日も留守だったんですか？」

確認を取った藤田に、

「私の留守中は知らないけどね」

と女性が答える。

「ご不在だったのは？」

「昨日の夕方から今朝の八時頃まで。そのあと寝ちゃったけど、隣、人の気配なかったと思います。一昨日くらいから、帰ってないんじゃないかな。あ、一階の奥、大家さんなので鍵、借りたらどうですか？」

「いやあ、別に事件の容疑者というわけじゃないので、そこまでは」

「そう？　ならいいけど」

女性は興味深そうな顔になったものの、眠気が勝ったのか、

「それじゃ、なんかあったら大家さんに聞くといいわ」

欠伸《あくび》を嚙みころすと首を引っ込め、ドアを閉めた。

「……留守か……なら仕方がないな。またあとで来ることにして、先に山本さんの所に行きましょう」

「そうだね」

頷き、藤田のあとについて歩き出す。

「彼女……」

ふと閃《ひらめ》くものがあり、僕は藤田にその考えを告げてみることにした。

「彼女ってもしかして、絵里花さんかな？」

「……確かに、職場から遠いこの街に住んでいる理由としては、アリっぽいですね」

藤田もまた同じことを考えていたようで、頷きはしたが、これもまた僕と同じく、『それがどうした』と思っているらしく、話はそこから進展しなかった。

時間節約、とタクシーで僕たちは築地に引き返し、山本のアパートを目指した。

店から徒歩五分ほどのところにある古びたアパートだった。予約のとれない人気店の従業員だというが、給料はさほど高くなかったということだろうか、と下世話なことを考えてしまう。

藤田がドアチャイムを鳴らすと、すぐにドアが開き、短髪でがたいのいい男が姿を現した。

「山本さんですね？　警察です」

「刑事さん？　さっきもいらっしゃいましたよね？」

山本が不思議そうな顔になる。

「班が違うんです。少しお話、伺えませんか?」

藤田が適当なことを言い、山本の顔を見やる。

「あ、はい。どうぞ」

山本は不可解な表情をしつつもドアを大きく開き、僕たちを招き入れてくれた。

「綺麗《きれい》な部屋ですね」

室内は綺麗に片付いていた。

「いや、モノがないだけです」

山本は頭を掻いたあとに、ちらとキッチンを見やった。

「すみません、一瞬、いいですか?」

どうやらコンロの火を気にしているようだ。部屋には美味《おい》しそうな匂いが漂っていた。

「ビーフシチューですか?」

藤田が離席を許可したあとに、山本の背に問いかける。

「あ、いえ。ブフ・ブルギニョンです。おやっさんが唯一これだけは褒めてくれたなと思い出して……」

振り返り答えた山本の目は赤かった。

「『おやっさん』というのは亡くなった清水野さんのことですよね?」

藤田が神妙な顔で問いかける。

「……はい。十代の頃から……それこそ満足に包丁を使えないうちから修業させてもらっていた人でしたので……未《いま》だに『おやっさん』と呼んでました。まさかあんな亡くなり方をするなんて……」

喋っているうちに涙が込み上げてきたらしく、

「失礼」

と顔を伏せ、キッチンへと向かった山本が戻ってきたときには、彼の手には顔を拭いたらしいタオルが握られていた。

「そうだ。よかったら召し上がりませんか? 今ちょうどできあがりましたので……」

「え? あの……」

にこやかに言葉をかけてきた山本に、藤田が少し困った様子となる。

「いただきたいのは山々なんですが……」

「ちょうど昼どきです。こんなに作ったところで食べてくれる人のあてはまるでないので。ご迷惑でなければ、ですが」

山本が照れたように笑い、頭を掻く。

「それでは遠慮なく」

それを聞き、迷いもなく頷く藤田を見て、僕は、なんとも温かな気持ちになった。

普通で考えれば『駄目』なんだろうが、山本の気持ちを思うと拒絶は気の毒だ。確か彼の年齢は三十二だったと思う。十年以上、世話になった『おやっさん』が亡くなったことがショックでないわけがないのである。

「ありがとうございます。ちょっとお待ちくださいね」

山本は嬉しそうにそう告げたかと思うと、僕らをダイニングのテーブルに座らせ、すぐにビーフシチューのような見た目の料理とバゲットを運んできてくれた。

「ブフ・ブルギニョン……牛肉の赤ワイン煮込みです。お口にあうといいんですが」

自分の皿を前にナイフとフォークを手に取ることなく、山本が僕と藤田を順番に見つめる。匂いだけで美味しいとわかってはいたが、彼の視線を浴びながら食べた一口目で僕は思わず大きな声を上げていた。

「美味しい！」

「本当に美味しいです」

藤田もまた感心したように大きく頷いている。

「よかった」

山本はほっとした顔になると、ようやく自分もナイフとフォークを手に取った。

暫く無言で僕らはナイフとフォークを動かしていたが、やがて藤田が口を開いた。

「……それで、清水野さんが亡くなった件についてですが……」

「本当に驚きました。近くに愛キャスターがいらしたと聞いて更に驚いています。店に取材が入ると聞いたときにも驚きましたが、いや、そんなことは今はどうでもいいか……」

フォークを置いた山本に、藤田が問いを重ねる。

「亡くなった清水野さんがどなたかと揉められていたといったことはありませんか？　犯人について心当たりがあればお聞かせいただきたいと思い、伺ったのですが」

「揉めていた……ということはないと思います。おやっさん、頑固で口数も少ないので『怖い』というイメージを抱かれがちですが、人との争いは好まなかったし、『怖い』という印象が役立って、というのもなんですが、争いをしかけられることもなかったです」

「恨まれるようなことも？」

藤田の問いに山本が、

「勿論」

と頷いたあと、あ、と何か思いついた顔になる。

「なにか？」

途端に苦笑した山本の、その笑いの意味がわからなかったのは僕だけではなかったようで、藤田が不思議そうに問いかける。

「もしや、僕がおやっさんを恨んでいると聞いたんですか？」

「えっ？」

思いもかけない山本の言葉に、驚きの声を上げた僕の横から、藤田が真面目な顔で問いかける。

「それはどういうことですか？　どなたがそんなことを言っていると？　言われるお心当たりがあるということですか？」

「………」

急に刑事の顔になった藤田の迫力に、問われた当人でもないというのに鼓動がいやな感じで脈打ち、背筋に冷たいものが走る。

まるで知らない藤田の一面を目の当《ま》たりにし、酷く胸がざわつく。普段、彼はこうも厳しい顔をしているのかと思わず顔を見やった僕の視線を感じているのかいないのか、一つの誤魔化しも見逃すまいとするかのように藤田が見つめる先で、山本が上擦った声を上げる。

「ど、どうもこうもないですよ。誤解です。僕は富士を妬《ねた》んだりしていませんし、おやっさんの扱いにも充分、納得していたし満足もしていました。当然ながら誰も恨んでいません。勿論、富士も、おやっさんも」

「どういうことなのか、詳しく話してもらえませんか？」

　一段と厳しくなった藤田の声が凜と響き渡る。一体どういうことなのか。果たして彼の答えは事件にかかわるものなのか。緊張を高めていた僕の頭には、今頃何をしているのか想像すらできない愛の、いつもの決めに決めた表情が浮かんでいた。

4

「……なんだか、やぶ蛇《へび》っていうんですかね、こういうの」

コホン、と咳《せき》払いをした山本が、手を伸ばしてテーブルの上に置いてあったコップを取り上げ水を飲む。

それで少し落ち着いたのか、山本は、やれやれ、というように溜め息を漏らしたあと、口を開いた。

「さっきも言いましたが、僕は十七の頃からおやっさんのもとで……『ボン・ニュイ』で修業させてもらってます。今、三十二なのでもう、十……五年、ですか。『ボン・ニュイ』はそんなに広い店ではないけれど、ここ数年、人気が上がってきて、二人ではまかなえなくなってきたもので何度か人を入れたんです。しかし人気の店だからか、浮ついた若者が多いってこともあって、なかなかいつかなくて……」

ここで山本は一旦《いったん》言葉を切り、また水を飲んだ。話しているうちにますます落ち着いてきたようで、声も上擦ることなく、滑らかな語調のまま、再び話を続けた。

「それで三年ほど前だったか、富士が修業させてほしいと店に来たんですよ。おやっさんの味に惚《ほ》れ込んだと言って。彼もまたミーハーな若者かと思ったら、これがまたガッツのある奴で。しかも料理のセンスがいい。おやっさんはフレンチのシェフではありますが、昔ながらの人で、教えてくれるんじゃなく見て盗め、というんですかね。手取り足取りという感じじゃないのに、富士はめきめき腕を上げて、あっという間におやっさんの味にかなりなところまで近づいた。才能があったんでしょうね。おやっさんも富士には目をかけてました。口には出していませんでしたが、自分の後継者にしようとしていたんじゃないかと思います。気の置けない常連客にはそんなことを匂わせていたそうです」

「…………」

なるほど、そういうことか、と僕は納得し、ちらと隣の藤田を見た。藤田も同じことを感じたようで、小さく頷くと、山本が言うより前にその確認を取る。

「十年以上先輩のあなたを差し置いて若手に店を任せるだなんて、酷い……ということですね？」

「……そう思う人もいたということです。しかし少なくとも僕はそうは思いませんでした。努力ではまかなえない。近くに天才がいれば嫌でも思い知らされます。僕がまさにそうでした。かなわないものはかなわないんです。おやっさんが僕と富士、どちらを選ぶかは考えるまでもないことでした。それでも十五年も使ってもらっていたからでしょう。おやっさんも気を遣ってくれて、希望があるなら暖簾《のれん》分けをしたいと言ってくれていました。まだまだ修業させてくださいと、保留にしてもらっていましたが。恨むなんてとんでもないです」

「わかりました。他に、被害者を恨んでいそうな人はいませんでしたか？　噂レベルでもかまいません」

藤田が話題を早々に切り上げる。山本の言葉を信用したのか、裏付けをとってから再度追及しようと考えているのか、そっちはわからなかったが、個人的には山本は嘘を言っていない気がした。

近くに天才がいれば嫌でも思い知らされる――僕もまさにその状態なので、彼の気持ちがよくわかったからだ。

僕の場合は――『天才』は言うまでもなく愛のことだが――目指す道が違っているので、傍にいてもそう落ち込むことはない。まあたまには、頭のできの違いを見せつけられ、がっくりくることはあるけれど。

しかし山本の場合は、目標のベクトルが一緒だ。同じ師について同じ道を進んでいくのに、自分より随分と若い天才と共に行かねばならないとなると、相当覚悟がいるのではないかと思う。

山本はさばさばとしているように見えたが、そうなるにはどれだけ心の葛藤《かっとう》があったことだろう。赤の他人の僕がわかったようなことを考え、同情するほうが申し訳ないとは思ったが、それでも、彼の言葉は真実なのだと信じたかった。

「噂……」

山本が藤田の言葉を受け、口ごもる。

「なんでもいいんです。信憑性《しんぴょう》があるものでもないものでも。思いつくことがありましたらお聞かせいただきたいんですが」

何かあるに違いない。そう確信しているらしく、藤田が押せ押せで迫る。

「いや……その……」

山本はそれでも言い出しかねている。ということは、と僕はつい、推察したことを問いかけてしまった。

「もしかして、富士さんがその噂の主なんじゃないですか？」

「……っ」

それを聞き、山本がはっとした顔になる。図星か、と察した僕の横で、藤田が更に身を乗り出し、山本に問いかけた。

「別にあなたが富士さんを陥《おとしい》れようとしているなどと思いはしません。富士さんは被害者からは後継者と思われていたんですよね？　恨みに思う理由というのはなんだとされていたんです？」

「……本当に単なる噂です。本人に確かめたわけじゃありませんし、僕自身はこの噂を信じていません」

ようやく話す気になったのか、山本がぽつりぽつりと喋り出す。しかしまだ前置きだ、と僕は急《せ》かしたくなる気持ちを堪え、息を詰めるようにして山本の話に耳を傾けていった。

「どういう噂です？」

藤田もまた山本を焦らせることなく、静かにそう問い返したあとには何も言わずにじっと顔を見つめている。

「……実は……おやっさんにはお嬢さんが一人いるんですが、お嬢さんと富士が結婚したいというのをおやっさんが反対していたんです」

「やっぱり……！」

やはり絵里花と富士は付き合っていたのか、と納得すると同時に、それを反対されていたから彼女はああも頑なだったのか、ということまで納得できたことで、つい声を漏らしてしまった僕だったが、山本がその声に、びくっと反応したため、慌てて口を閉ざした。

「お嬢さん……絵里花さんですね。富士さんと付き合っていたというのは噂ですか？　それとも事実ですか？」

「事実です。一年……いや、一年半ほど前でしたか。閉店した店にお嬢さんがやってきて、おやっさんの前で富士が頭を下げたんです。お嬢さんと結婚させてほしいと」

「……店で、ですか？」

　藤田が訝しそうな顔になったのは、山本を信用していないというよりは、そういうのはもっとあらたまった形で——たとえば休みの日に家を訪れ、正座して申し込むんじゃないかと思ったからのようだった。

「あとから聞いたんですが、絵里花ちゃんがセッティングしようとしても、おやっさんが避けまくっていたそうで。で、業を煮やした絵里花ちゃんが店でなら逃げ場はないだろうと、閉店を待って押しかけてきたんです」

「そういうことでしたか……」

　藤田の相槌に山本が「そうなんです」と頷き、言葉を続ける。

「僕も富士から、絵里花ちゃんと付き合っていることは聞いていました。お似合いの二人だと思いましたし、おやっさんも喜ぶものだとばかり思っていたんです。後継者に選んだ男が義理とはいえ息子になるんですから。嬉しいものじゃないかと。しかし、実際は驚きの展開で」

「反対された、と?」

それ以外に驚くことはないだろう。藤田もそう思ったようで、ストレートに問いかけている。

「大反対でした。烈火の如《ごと》く怒る、といった感じで、二人が何を言っても聞く耳を持たず、許すわけにはいかない、どうしても結婚するというのなら富士に店を辞めろと言ってきかないんです。富士は、絵里花ちゃんも大切だが、店も大切だったようで、まだ辞めたくない。結婚を待つ、と。それに絵里花ちゃんが切れて、ちょっとした修羅場になったんです。それをきっかけに、家を出てしまったんですよね。富士は店には残れたんですが、その日を境におやっさんの、富士への当たりがやたらとキツくなりました。傍《はた》から見ても理不尽だなと思うほどに……」

「……それを恨みに思っていた、と……」

「いや、あくまでも噂です。富士はまったくくさっていませんでした。打たれ強いっていうんですかね。なので恨んではいないと思います。おやっさんも鬼のように厳しくはしてましたけど、決して意地悪を言っているわけではなかったですしね」

「しかし、理不尽なほど厳しかったんですよね?」

「……まあ、客の前で怒られたりはしていました。常連さんからこっそり聞かれたことが何度もあります。富士が何かやらかしたんじゃないかって」

「結婚のことは、周囲に知られていたんですか？」

「常連さんは知っていましたね。富士がお嬢さんをたらし込んで店を乗っ取ろうとしている、なんて噂もちらと出ましたから。とはいえおやっさんと富士の様子からまったくその気配がないので、噂もすぐ立ち消えになりましたけど。なんにせよ、ただの噂です」

くだらない、と山本は苦笑し肩を竦めた。

「……そう……ですね」

藤田は何か思うところがあるのか、相槌の歯切れが悪い。

「あの」

と、今度は山本のほうが藤田と僕に対して身を乗り出し、問いかけてきた。

「愛キャスターはなんだってあんな時間に店にいたんです？　取材の打ち合わせは今日の閉店時間後のはずでした。あんな夜中になぜ……」

「日程が一日早まったと言ってました。前の日の夕方、会うことになったと」

「そうだったんですか」

つい答えたあと、藤田の顔が強張《こわば》ったのを見て、しまった、と首を竦めそうになったが、山本は僕の素性を疑うことなく、納得していた。

「昨日は定休日だったので、おやっさんは最初、この日を希望していたんですが、愛キャスターが先約ありで都合がつかないということだったんです。なるほど。夕方から来ていたのか。しかしなぜ深夜まで？　愛さんがおやっさんを殺したわけではないですよね？　殺す理由がありませんもんね」

わけがわからない。首を傾《かし》げまくる山本の言葉に、僕は心の中で礼を言っていた。状況としては愛が疑われても仕方がないだろうに、彼は欠片ほども疑っていない様子である。確かに殺す理由はないにしても、そうも愛を信じてもらえるのは本当にありがたかった。

「殺す理由がありそうな人物に心当たりはありませんか？」

藤田が山本に問いかける。

「ありません。脅す、くらいならまだしも……」

即答した山本の言葉が気になったのは藤田も同じだったようで、

「『脅す』というのは？」

とすぐさま突っ込んでいった。

「この辺りに大型のホテルを建設する計画があるらしいんですよ。ほら、五輪が近いから。

築地はいたるところで小ぶりのホテルやマンションの建設ラッシュでしょう?」

「ああ。確かに。工事中の場所が多いですね」

頷く藤田に、

「とはいえ」

と、山本が言葉を続ける。

「こうもホテルが建ったら、オリンピックが終わったあとの需要があるかはわからないというのと、やはり住み慣れた土地は離れたくないというので、建設予定地の買収はまだ半分くらいしか進んでいないようです。このままだと建設は中止になるか、規模がより縮小されるかと言われてるらしいんですが、最近、ガラの悪い連中があたりをうろつくようになりましてね」

「地上げをヤクザに請け負わせているとか、そういうことですか?」

藤田が眉を顰《ひそ》め、問いかける。

「わかりません。まだ実質的ないやがらせを受けた店や家はないと聞いてます。ウチの店にも来たことはありません。まあ、予約がとれないからでしょうけど。前をうろつかれたことが何度かある程度です」

「それで一足飛びに殺人、というのは違和感がありますね……」

藤田の言葉に山本が「ええ」と頷き言葉を足す。

「ウチの店より、強硬に反対しているグループがありますのでね。おやっさんもそのグループに声をかけられたんですが、合流することはなかった。断ったんじゃなかったかな」

「なぜ断ったんでしょう?」

藤田は更に突っ込んだが、山本は理由を聞かされていなかったと、首を傾げた。

だいたい聞くべきことは聞いた、と藤田と僕は目を見交わすと、山本に礼を言い、彼の部屋を辞すことにした。

「本当にショックです」

事情聴取の緊張感が去ったせいか、別れ際、山本はすっかり肩を落とし、意気消沈した様子だったのが印象に残った。

「地上げの話が気になりますね」

路上を歩きながら藤田がそう、僕を振り返る。

「ちょっと店、行ってみましょうか。人気《ひとけ》がなかったら中、見せてもらいましょう。無理なら出直して周辺の聞き込みをするか、もしくはギャルソンの話を聞くか……」

とにかく店に行ってみましょう、と藤田が言葉を続けたとき、彼のスマートフォンのバイブ音が響いた。

「げ」

誰からの着信か、確かめるために画面を見やった藤田の口から声が漏れる。

「もしかして……」

藤田の鬼上司、斎藤さんではないか、という僕の当たってほしくない予感はどうやらビンゴらしかった。

「……はい。藤田です」

藤田が敢《あ》えて作った弱々しい声で応対に出る。どうも体調不良を理由に休みを申請したようだ。

『わざとらしい演技はやめろ！　今どこだ？』

藤田は別にスピーカーホンにしているわけではないというのに、スマートフォンの向こうから斎藤の怒声が僕の耳にも響いてくる。

「…………築地です」

藤田は一瞬、誤魔化そうとしたようだが、すぐに観念して正直に居場所を明かした。斎藤相手に誤魔化しがきくわけがないと諦めたのだろう。

『築地東署にすぐ来い。高校生のような刑事というのはどうせ愛キャスターのところのボーズだろう。そいつも連れて来い』

　それだけ言うと斎藤は、藤田からの答えは待たず電話を切ったようだった。

「斎藤さん？」

　スマートフォンに問い返していた藤田だったが、やれやれ、というように溜め息を漏らすと電話をポケットにしまい、僕を見た。

「バレてます。絵里花さんからでも聞いたんでしょうかね。竹之内さんのこともバレてました」

「……聞こえた。高校生刑事って」

　僕もまた溜め息を漏らしつつ答え、肩を竦めた。

「しかし意外だな」

　藤田が首を傾げる。

「何が？」

「築地東署に来いということがです。もしかして捜査に加われるようになったのかも」

「ああ、そうか。普通なら家に帰れ、と言われるか」

　なるほど、と頷いた僕に、

「ただ叱《しか》るためだけに呼びつけたのかもしれませんけどね」

　と藤田もまた肩を竦め返した。

「ともかく、急ぎましょう。これ以上斎藤さんの機嫌を損ねると危険なので」

「わ、わかった」

今も相当悪いだろうことを思うと足が震えたが、『怒られる』ではすまないことをしていた自覚があるため、僕は藤田と共に築地東署に向け、全速力で駆け出したのだった。


「馬鹿者!!」

築地東署の前で仁王《におう》立ちになっていた斎藤は、藤田が声をかけるより前に、周囲に響き渡るような声で彼を怒鳴りつけた。

「申し訳ありません！」

「も、申し訳ありません」

鬼のような顔の斎藤は身長が高いこともあって物凄く威圧感がある。ともかく謝罪だ、と頭を下げた僕にはかまわず、斎藤の藤田への叱責《しっせき》は続いた。

「自分が何をしたかわかっているのか！　一体何年警察官をやっている！」

「ええと……」

「数えなくていい！」

藤田も大人しく怒られていればいいものを、天然なのかわざとなのか、敢えて口を挟んで怒りを煽《あお》っているように見え、はらはらしてしまう。

「処分がくだったんでしょうか」

それでも、謹慎などの処分を受ければ身動きが取れなくなると気にしたようで、おそるおそる問いかけている。

と、斎藤はギロ、とそれは恐ろしい目で藤田を睨むと、その目を僕にも向けて震え上がらせてくれたあと、意外な言葉を告げたのだった。

「愛キャスターが俺とお前を指名したそうだ。被疑者が取り調べの刑事を指名するなどあり得ない。まったくあいつは何を考えているんだ」

「えっ。愛が？」

本当に何を考えているのか、と唖然とした僕を再び斎藤はじろりと睨むと、

「ボーズ、お前も来い」

と言葉を残し、踵《きびす》を返して署の中へと進んでいった。

「行きましょう、竹之内さん」

藤田もまた緊張した面持ちであとに続く。

「わ、わかった」

僕の同席も愛の指名なのだろうか。それとも斎藤の温情か。愛と今、話せるのならどちらでもいいかと僕もまた緊張感を高めつつ、藤田のあとに続き築地東署内に足を踏み入れたのだった。

留置場に連れていかれるのかと思ったが、斎藤が向かっていたのは四階にある会議室だった。

ノックもせずに斎藤がドアを開き中に足を踏み入れる。続いて部屋に入った僕は、広い会議室の中、愛がぽつんと座っているのを見た瞬間、思わず大声で呼びかけていた。

「愛!!」

「どうした、竹之内。なんでお前がここに?」

愛が不思議そうな顔で問うてくる。いつもとまるで変わらぬ様子の彼を前にした僕の中で、急速に怒りが込み上げてきた。

「何が『どうした』だ！　ふざけるな!!」

自分でもまったく感情の抑制がきかなくなっているのがわかる。気づけば僕は愛に駆け寄り、胸倉を摑《つか》んでいた。

「た、竹之内さん！」

「痴話《ちわ》喧嘩はあとでやれ」

慌てて駆け寄ってきた藤田に羽交い締めにされ、斎藤に冷たく言い捨てられる。

「痴話喧嘩じゃありません！」

何を言い出すんだ、と斎藤を睨んだ僕の耳に、愛の呑気《のんき》な声が響いてきた。

「斎藤さんでも冗談を言うんですねえ」

「愛！　お前、どういうことなのか最初から説明しろよ！」

またも怒りが込み上げ、愛を怒鳴りつける。

「ボーズ、騒ぐなら部屋を出てもらうぞ」

だが斎藤に睨まれ、身が竦んだのと、本当に追い出されかねないとわかったため、込み上げる怒りを必死で飲み下すと僕は、藤田が勧めてくれた椅子《いす》に腰を下ろし愛を睨んだ。

「逮捕されたというのはデマだったんですね。安心しました」

藤田は愛に笑顔で声をかけている。安堵した様子の彼を見て、自分の怒りは間違っていたのかと一瞬、僕は考えてしまった。

ここは藤田のように安堵するところだったんだろうか。心配かけやがって、というのが怒りの原因だと思うのだが、心配は自分が勝手にしたことだ。

一瞬、反省しかけた僕だが、やはり胸の中のもやもやした思いは消えていかなかった。

「事情聴取で黙《だんま》りを決め込んでいるということだったが、なんだってそんな馬鹿げたこと、してやがる？」

早速本題に入ろうというのか、斎藤が問いを発する。

「その前に教えてほしい。この事件はもう報道されていますか？　僕が身柄を拘束されたことを含めて」

「はぁ？」

愛の言葉を聞き、斎藤が呆れ返った声を上げた。

「保身のために俺らを呼びつけたのか？　くだらねえ」

「違う。逆だ。おそらく報道規制がされているだろうと予測できたために斎藤さんたちの力を貸してほしいと、それで呼んだんです」

「どういうことです？」

斎藤がそっぽを向く横で、藤田が訝しげな声を出す。

「すぐにもマスコミに情報を流してほしい。人気レストランのオーナーが殺害されたこと、現場にいた愛優一郎が築地東署に身柄を拘束され、取り調べを受けていることを」

「な、なんですって？　本気ですか？」

藤田が仰天した声を上げたが、驚いたのは僕も同じだった。

「なんだってそんな！　自分が何を言ってるか、わかっているのか？」

キャスターという職業も、社会的地位も、人気も、すべてを失ってしまうかもしれない。

それがわかっているのか、と問いかけた僕の声に被せ、斎藤が愛に問いかける声が響く。

「大袈裟《おおげさ》ではなく、日本中が大騒ぎになり、ここへもマスコミが殺到するだろう。それを狙っているのか？　なんのために？」

「……斎藤さん……」

藤田が斎藤の名を呼び、絶句する。僕もまた言葉を失い、その場に立ち尽くしていた。

「これ以上、犠牲者を出したくないんだ」

愛が真《ま》っ直《す》ぐに斎藤を見返し答えを告げる。

「犠牲者だと？」

斎藤の双眸《そうぼう》が一段と厳しくなり、愛を睨みつける。

「誰が『犠牲者』になると考えている？」

「……ともかく、マスコミ発表を。急いでくれ。そして事件関係者の居所を全員、すぐにも確認してほしい」

頼みます、と愛が斎藤を真っ直ぐに見つめたまま訴えかける。

「……愛……」

一体愛は何を狙っているのか。なぜマスコミに事件と、そして愛の名が出ることが必要なのか。出た結果、犠牲者が出るのを防げる、というその仕組みもわからない。

「事件関係者ですが、被害者のお嬢さん、絵里花さんと、兄弟子の山本さんはそれぞれ、自分のマンションとアパートの部屋にいました」

と、横から藤田が淡々とした口調で報告を始めた。

「被害者の義弟、荻村成二《おぎむらせいじ》はこれから遺体の確認に来る。間もなく到着するということだった。娘には確認を拒否されたそうだ」

藤田に続き、斎藤も愛の要求どおり、関係者の所在を言い始めたことには驚きを禁じ得ず、僕はつい、斎藤の顔を凝視してしまった。

「なんだ、ボーズ」

「あ、いえ。なんでもありません」

途端にギロ、と睨まれ、震え上がる。

「あとはギャルソンの島津さんと、弟弟子の富士さんですが、富士さんはアパートにいませんでした。一昨日から留守にしていたようだと隣の部屋の人が」

「なんだって？」

今まで静かに皆の話を聞いていた愛が、ここで高い声を上げる。

「すぐ、彼を捜してもらえませんか？」

「お前に言われるまでもなく捜しているさ。事件後、姿を消した可能性があるからな」

斎藤が愛に答えたあとに、はっとした顔になる。

「まさかお前の言う次の『犠牲者』は富士か？」

「…………」

斎藤の問いに愛は一瞬、何かを言いかけたが、思い直したように俯き、首を横に振った。

「今はなんとも」

「もったいつけるな。名探偵じゃあるまいし」

斎藤が愛を睨んだそのとき、会議室のドアがノックされ、若い警察官が顔を覗《のぞ》かせた。

「斎藤警部補、ご遺体の確認に、荻村さんがいらっしゃいました」

「わかった。すぐ行く」

即答した斎藤がすっくと立ち上がり、愛を指差し口を開く。

「いいか？　警察はホテルじゃないんだ。事情聴取に応じ、即座に家に帰れ。いいな！」

「マスコミ公表後、ほとぼりが冷めるまでいさせてもらえるとありがたいんですが、駄目ですかね？」

にっこりと微笑む愛に対し、斎藤の怒りが爆発するに違いないと僕はびくびくしていた

ってしまった。

のだが、予想に反し斎藤は愛を睨んだだけで藤田に「行くぞ」と声をかけ、部屋を出ていった。

「あ、斎藤さん」

藤田が愛に気持ちを残しながらも、彼に続く。

「愛」

僕も『被害者の義弟』が気にはなった。が、まずは愛と話すのが先決だと、声をかけたのだが、愛にすぐさま言い返されてしまった。

「竹之内も二人のあとを追ってくれ。関係者の話を全員分君の耳で聞いた上で、あとから内容を教えてほしい。いいな？」

「え？　愛、それって……」

どういう意図なのか、と尚も問おうとする僕に愛が声を荒立てる。

「いいから行け！　早く！　斎藤さんたちを見失うぞ！」

「……わかった」

あまりに一方的な指示に、また愛への怒りが再燃する。しかし、今部屋を出なければ斎藤や藤田と行動を共にする機会は失われるということもわかっていたので、怒りを抑え僕は部屋を飛び出した。

何から何まで勝手だ。一体なんなんだ、あの態度は。コッチがどれだけ心配したと思っているんだ。

心の中でぶつくさ呟《つぶや》いていた僕の中では、相変わらず愛への怒りの炎が燃えている。と同時に、愛が項垂《うなだ》れていたり、取り乱していたりしていなかったことへの安堵の思いがあることも事実で、そんな自分に苛立《いらだ》ちながらも僕は、既にエレベーターに乗り込もうとしている斎藤と藤田に置いていかれないよう、慌てて廊下をダッシュしたのだった。

5

斎藤は僕がくっついてきたことに対して、じろ、と恐ろしい目で睨みつけてきはしたが、拒絶されることはなかった。

斎藤と藤田が向かったのは地下にある霊安室で、その前で一人の男が所在なさげに立ち尽くしていた。

「すみません、お待たせしました」

斎藤が足早に歩み寄り、男に丁寧に頭を下げる。

「いえ……」

四十代……いや、五十代だろうか。『ナイスミドル』という単語が即座に頭に浮かぶ。オールバックにした黒髪に乱れはない。上質と一目でわかるスーツ姿の彼が被害者、清水野の義理の弟なのだろう。

愛の取材資料を思い起こす。確か被害者の義弟は荻村成二という名で何かしらの会社を経営していたはずだ。

なんの会社だったかは思い出せなかったが、本人の外見からすると、随分と景気はよさそうだった。

　顔も俳優のように整っている。そういえば被害者のシェフはどんな顔をしていたのか。一度行ったことがあるとはいえ、かなり前なのでさっぱり覚えていない。そんなことを考えていた僕の前では、斎藤に導かれ、荻村と藤田が霊安室に入っていった。

　さすがに関係ない僕が入るわけにもいかず、外で待っていると、やがて沈痛な面持ちの荻村が霊安室から出てきて、共に出てきた斎藤と藤田に訴え始めた。

「一体誰が義兄をあんな目に遭わせたんです？　発見時、愛キャスターがいたというのは本当ですか？　まさか愛キャスターが事件にかかわりがあるとは思えませんが、なぜ義兄の遺体の傍にいたんです？　愛さんはなんと言っているんですか？」

「申し訳ありませんが捜査上、お話できません」

　にべもなく、という表現がぴったりの口調で斎藤が問いを跳ね返す。

「しかし……っ」

　荻村は言い縋《すが》ろうとしたようだが、斎藤の迫力の前には諦めるしかなかったらしく、忌々《いまいま》しげにしつつも口を閉ざした。

「お義兄《にい》さんの店は取材拒否で有名でしたが、今回、愛キャスターの取材を受けた理由について、何かお心当たりはありますか？」

そんな荻村に藤田が声をかける。

「……わかりません」

荻村はあきらかにむっとしていた。が、理由を知っているようには見えなかった。

「逆にこっちが聞きたいくらいです。愛キャスターは何と言っているんですか？」

問い返してきた荻村に対する斎藤の答えは、

「申し訳ありませんが、捜査上、明かすことはできません」

という先程と同じものだった。

「ならわかりませんよ」

荻村は本格的に怒ったようで、顔が強張っている。

「そうですか」

気づいた上での無頓着《むとんちゃく》か、はたまた気づいていないのか、斎藤は荻村の機嫌に左右されることなく、淡々と問いを続けていった。

「最近、お義兄さんの周囲で何か変わったことはありませんでしたか？　または、お義兄さんの様子で普段とは違うところがあったと感じることはありましたか？」

「……別に。強いて言えば取材を受けたことでしょうかね」

まだ荻村の機嫌は直っていないようで、ぶすっとしたまま答えている。無視しないのは、義兄を殺した犯人を一刻も早く逮捕してほしいからだろう。有名店シェフと会社経営者。畑違いの二人だが、兄弟仲はよかったのだろうか。

あ、違う。『義理』だった。となると繋がりは薄いのか。普通、遺体の確認には身内が呼ばれるが娘である絵里花は拒否したという。なぜ、拒否したのか、その辺のことを聞いてみたいのだが、問えるような雰囲気ではない。僕が口を出せばその瞬間にも斎藤から『ハウス!』と退場を命じられそうだ。それで僕は色々と聞きたい気持ちを抑え、斎藤が問いを発するのを待っていた。

「絵里花さんと揉めた、というのは最近のことではないのですか?」

心が通じた——とはとても思えないが、僕の聞きたいことそのものずばりを斎藤が問うてくれたことに驚く。

「家族間のちょっとした行き違いです。まさか刑事さん、絵里花ちゃんが父親を殺したなんて言い出すつもりじゃないですよね?」

途端に荻村が気色《けしき》ばむ。なんだか過剰反応だなと思ったのは斎藤も同じだったようで、眉間《みけん》の縦皺《たてじわ》を深めながら問いを重ねる。

「別にお嬢さんを犯人扱いしているわけではありません。しかし、遺体の確認を拒否した理由は教えていただけませんか」

「……………」

荻村が言いよどむ。と、横から藤田が「あの」と口を挟んできた。

「結婚を反対されたからですか？　富士さんとの」

「……………」

荻村が、じろ、と藤田を睨む。斎藤もまた藤田を睨んだが、荻村の前だからか怒鳴りつけることはなかった。

暫しの沈黙のあと、諦めたのか荻村が溜め息を漏らしつつ口を開いた。

「……ご存じならそう言ってください。そのとおりです。一年ほど前から絵里花ちゃんと義兄さんは口をきいていません。なぜ、義兄さんが将来有望な弟子と絵里花ちゃんの結婚を反対するのか、私には理解できませんでした」

「父娘《おやこ》仲は、それまではよかったんですか？」

藤田が問いを発する。と、荻村は口を歪《ゆが》めるようにし、首を横に振った。

「いや……絵里花ちゃんと義兄さんとの仲は、絵里花ちゃんが母親を……私の姉を亡くしてから、いいとはいえないものになってはいました。しかしそれは仕方ないんです」

「仕方ない、とは」

斎藤が少しの感情もこもらぬ声で問いかける。

「まだ店を出したばかりで、人気もなかった。店にかかりきりになるしかなかったんです。母親を亡くしたばかりの絵里花ちゃんの面倒を見たのは私の妻でした。妻と絵里花ちゃんはまるで実の母子のような関係を今も築いています。それに……」

ここで荻村が一瞬、言葉を探すようにして口を閉ざした。

「それに？」

斎藤が淡々と問いかける。

「……私のほうが義兄さんより、余程父親らしいことをしていましたよ。小学校から大学に至るまで、学校行事は私たち夫婦がすべて出席していました。義兄さんが来たことはありません。思えばそうしたことが重なって、今の父娘断絶となったのかもしれません。とはいえ」

と、ここで荻村が我に返った様子となり、言葉を足した。

「断絶といっても、絵里花ちゃんが義兄さんを憎んでいたとか、そうしたことは一切ありません。それは断言できます。遺体確認を拒否したのも、義兄さんが憎いからではなく、現実を受け止めたくないからではないかと」

「わかりました。それでは亡くなった清水野さんが誰かに恨まれていたといったことはありませんか？　逆恨みでもなんでも、少しでも思い当たることがありましたら」

斎藤は相変わらず、一切感情のこもらない調子で問いを重ねていた。

「……逆恨み、となると私にもよくわからないです。絵里花ちゃんとは頻繁に会ってましたが、義兄さんと最後に会ったのは、ええと……ふた月ほど前ですので」

荻村は思い返すような顔になりつつ、そう告げると、しみじみとした口調で言葉を続けた。

「義兄は無愛想ではありましたが、他人に恨みを買うような人物ではありませんでした。義兄にとっては店がすべてで、世事にも殆《ほとん》ど無頓着でしたから。他人とのかかわりもほぼ、なかったんじゃないでしょうか。店は人気が出ましたが、その人気にも義兄は無頓着でしたね。天狗《てんぐ》になることもなく、かといって卑屈《ひくつ》になることもなく。店に出てさえいれば満足、といった感じでしょうか。絵里花ちゃんが拗《す》ねるのもわかる気がしましたよ。決して娘に愛情がなかったわけではないとは思うんですが、口下手で愛情を伝えられないんでしょうね。店を必死で守立てようとしたのも、絵里花ちゃんとの生活のためでもあったでしょうから。じゃなかったら、名誉や名声にまったく興味のない義兄があれも店の経営に力を注ぐはずはありませんから」

「……なるほど。よくわかりました」

斎藤が頷き、荻村の話を遮る。

「絵里花さんと付き合っているのは、店の従業員だそうですね。富士さんという」

藤田がここでまた、口を挟む。

「……はい」

頷いた荻村に藤田は、問いを重ねた。

「富士さんは今、アパートにいないようですが、行き先に心当たりはありませんか？」

「富士君が？　……いや、僕は彼とはそう、付き合いはないのです。絵里花ちゃんが紹介してくれたときには少し話しましたが、好青年だなと思ったくらいであまり印象には残っていないな……」

「わかりました。ありがとうございます」

斎藤が今度こそ、事情聴取を打ち切る。

「藤田、お送りしろ」

「はい」

命じられた藤田は返事をすると、荻村に、

「どうもありがとうございました」

と頭を下げ、「こちらです」と出口へと案内するべく歩き始めた。

「……あの」

荻村は藤田のあとには続かず、足を止めて斎藤に問いかけた。

「はい」

「まさかとは思いますが、現場にいたということなら愛キャスターも容疑者ということですよね？　なぜ義兄の遺体の傍にいたのか。発表できるタイミングになったら私にもその理由を教えてください。もしかしたら愛さんが生きている義兄と最後に会った人かもしれませんので」

「わかりました。そうなり次第、荻村さんにもお知らせします」

斎藤が丁重に頭を下げる。それで安心したのか、荻村は、

「よろしくお願いします」

と頭を下げ返すと、ようやく藤田へと視線を向け、彼と共にその場を立ち去っていった。

「おい、ボーズ」

後ろ姿を見送っていた僕に、斎藤が声をかけてくる。

「は、はい」

目を合わせるのは怖すぎる。俯いたまま返事をした僕の顔を覗き込み、斎藤が問いを発してきた。

「被害者の娘と富士とかいう従業員が付き合っているという話はどこで聞いた？」

「……あ、あの……兄弟子の山本さんからです」

僕は斎藤に問われるがまま、藤田と共に聞き込んだ山本との会話の内容をすべて斎藤に伝えた。

「それで、その富士が今、行方不明なんだな？」

確認をとられ、「そうです」と答えながら僕は、やはり容疑者は富士なのだろうか、と考えていた。

推理したわけではなく、単なる消去法だ。動機はさっぱりわからない。だが、犯人でないのなら、なぜ富士はこのタイミングで姿を消したのか。事実から真実を導くとしたら、犯人は富士としか考えられない。

山本曰く、被害者にどれほど厳しく対応されようとも、気に病む素振りを見せなかったということだったが、心の奥底で恨みに思い、いよいよ凶刃《きょうじん》を振るった、とか？

何かきっかけがあったということなんだろうか。山本はその『きっかけ』にまるで気づいていないふうだったが。

次々浮かんでくる疑問を抱えながらも僕は、斎藤の問いに「はい」と頷いた。

「そうか」

斎藤は一瞬、何かを言いかけたが、僕になど何を言っても無駄と思い直したのか、

「もう帰れ」

それだけ言い、踵を返してしまった。

「あの、愛は……」

きっと答えてくれないだろうとわかりながらも、一応背中に問うてみる。と、予想に反して斎藤は足を止めてくれたあと、振り返ってまでくれた上で、ぼそ、とこう告げたのだった。

「本人の希望どおり、マスコミに情報を流す。事務所の電話は鳴りっぱなしになるだろうから、早く帰ったほうがいいぞ」

「……あ……ありがとうございます」

最後のは嫌みなんだろうが、物凄く前向きにとらえると、気遣ってもらったと思えなくもない。

実際、愛が事件にかかわっているとわかれば——第一発見者だというのに、黙秘を貫いているなどということまで報道されれば、斎藤の言うとおりに事務所への問い合わせは大変なものになるだろう。こうしてはいられない、と駆け出そうとしたそのとき、前方から藤田がやってくるのが見えた。

「あ、竹之内さん」

「藤田君。お疲れ。マスコミ対策で事務所に戻るよ」

「僕も行きます」

それじゃあ、と頭を下げかけた僕は、藤田のその言葉に驚き、

「ええっ」

と思わず大声を上げてしまった。

「斎藤さんに怒られるぞ」

「その斎藤さんからの指示です。愛さんに口を開かせるのが僕の役目だと」

「……ええと……」

それってやっぱり、斎藤の気遣いってことなんじゃないか。意外すぎて信じられないくらいなのだが、と首を傾げていた僕に向かい、藤田が苦笑してみせる。

「捜査も手詰まりなんでしょう。さあ、行きましょう」

「あ、うん……」

藤田も何か、僕に隠し事があるようだ。それがなんなのか、考えてもわかりそうにないのがまた、情けない。

今まで数多くの犯罪を目の当たりにしてきた。中には殺人事件だってあったが、そうし

た経験をまるで活かせていない。

解決してきたのはすべて愛で、自分は単なる傍観者《ぼうかん》にすぎなかった。だから経験を活かせないのだ。愛のもとに来て間もなく二年が経とうというのに、本当に情けないことこの上ない。

しかし、落ち込んでいるわけにはいかない。考えるんだ。なぜ、愛が口を閉ざしているのか。犯人逮捕の妨害になるようなことを愛がするわけがない。『これ以上犠牲者を出したくない』とはどういう意味なんだろう。

マスコミ発表も事件解決のために違いない。しかしどうしてそれが解決に役立つ？　まったく推測できない。

「…………」

溜め息を漏らしそうになっていたが、藤田の視線を感じ、すんでのところで留まった。

「……じゃあ、帰ろうか」

そう誘うと、藤田はなんともいえない表情となったが、すぐ笑顔で、

「はい」

と頷いてくれた。

まさか、とは思うが、斎藤は僕の帰宅を待ってマスコミ発表してくれたのか、帰宅後間

もなく池田から連絡があった。

『警察の発表、あれはなんなんだ？　愛は逮捕されたわけじゃないよな？』

「……警察からの記者発表がありましたか？」

問いかけると池田は『あった』と答えたあと、問いを重ねてきた。

『愛とは話せたのか？』

「話せましたが、お伝えできそうなことは何も聞けませんでした」

『愛も何を考えているんだか。報道のされようによっては犯人ともとられかねないぞ』

池田に言われるまでもなく、黙秘権を行使する理由があきらかにならないかぎりは状況は愛にとって不利といえた。

間もなく、事務所の電話が鳴り始めた。マスコミ各社いっせいに状況の問い合わせをしてきたからだが、こちらは答えられるネタははっきりいって皆無だ。

それで僕と、そして見かねて手伝いに入ってくれた藤田は『留守番なのでわかりません』で押し通すしかなかったのだが、鳴りっぱなしの電話に対応しているだけで時間が刻々と過ぎていく。それじゃ困るのだ、と内心焦りを感じていた僕の携帯が着信に震えた。

「あ」

かけてきたのは、『チーム愛』の杉下《すぎした》だった。マスコミの発表を知って驚いて連絡をしてきたのだろう。

「すみません」

電話応対に追われる藤田に頭を下げて離脱すると僕は杉下からの電話に出た。

『竹之内さん、一体どういうわけなんだ？　亡くなった人は今度の取材の相手だよな？』

杉下は酷く動揺していた。珍しく早口でまくし立ててくる。

『愛さんからは十四日に取材が決まったと招集がかかっていたというのに、どうしてこんなことに？』

「え？　取材の日がもう決まってたんですか？」

初耳だった。昨日の前打ち合わせで決まったということだろうか。問い返した僕に杉下は、

『ああ。昨日、連絡があった』

と答えてくれたあと、僕が聞くより前にそのときの状況を教えてくれた。

『まったく普段と違った様子はなかった。店の取材のあとにはちょっと荒っぽい場所に行くことになる可能性があると言われたよ』

「荒っぽい場所？　具体的な場所名は言ってなかったんですね？」

愛の悪い癖の一つに『思わせぶり』というものがある。はっきり言えばいいのに、と責

める と、

『そのほうがわくわくするだろう?』

なんてふざけた言葉を返してきたものだが、今回は完全にそれが裏目に出たんじゃないかと思う。

『何も言ってなかった……が、暴力団かな、という印象は持ったよ。勘違いかもしれないが』

「暴力団……ですか」

杉下は謙遜《けんそん》していたが、彼の読みが外れることはあまりない。

暴力団——フレンチレストランと暴力団のかかわりは、と思考を働かせようとした僕の頭に閃《ひらめ》きが走った。

「地上げじゃないですか? 最近、ガラの悪い連中が店の近辺をうろつくようになったと、兄弟子が言ってましたから」

『ああ、そういやあの辺、大型ホテルと商業施設の候補地になっているらしいな。しかし築地もそんなにホテルばっかり建ててどうするのかね。市場だって移るというのに』

次第にぼやきのようになってしまっていたことに気づいたのか、杉下は咳払いをすると、

『ともあれ、あの辺で不穏な動きはないか、「チーム愛」の皆の協力を仰ぎつつ調べてみる

よ』

そう告げ、電話を切った。

「…………」

頼もしい。愛が高サラリーを払っているのもわかる、と大きく頷いた僕は、藤田から声をかけられ我に返った。

「竹之内さん、電話の応対ばかりやっていてはキリがないので留守電にして、僕たちも出かけましょう」

「そうだね。悪かった、手伝わせて」

社員の僕より電話の受け答えがしっかりしていた。本当に助かった、と頭を下げると藤田は、

「斎藤さんにも『手伝え』と言われましたからね」

と明るく笑って僕の謝意を退《しりぞ》けた。

マンションの前には報道陣が溢《あふ》れていたので、駐車場から外に出ることにした。僕の顔が売れているとは思わないが、何度か局に行っているのでNテレビの人間は気づくかもしれないと案じたのだ。

地下鉄の駅を目指しながら藤田と二人、これからどうするかと話し合った。

「さっきは空振りになりましたが、弟弟子の富士さんのところにまた行ってみましょうか」

藤田の提案はまさに、僕が考えていたそのままだった。

「このタイミングで姿を消すとか、気になると僕も思ってた」

「動機もありそうです。結婚を反対された上で、傍から見てもわかるくらいに厳しく対応されていたという……」

動機的には弱い気もするけれど、と藤田が言葉を続ける。

「しかし、人間、追い詰められるとどうなるかわかりませんからね。耐えに耐えたものがついに爆発したなんて話は珍しくないし」

「コップの水がいっぱいになるってことか……」

「花粉症じゃないんですから」

僕の言葉に藤田が噴き出す。

「富士さんとは話せていないので、彼がどういう状態だったかはわかりませんが、お嬢さんのほうはまさに、コップの水が溢れてましたよね」

「コップはともかく……そうだよね。遺体確認も断ったと言ってたし……」

答える僕の頭に、被害者の娘の——絵里花の顔が浮かぶ。

父親を亡くしたばかりには見えなかった。しかしそれこそ、世の中、色々な人がいる。

父親の死を認めたくないという理由からだったという可能性だってあるのだ。人の気持ちは本人に聞かないかぎりわからないし、本人に聞いたとしても、本心を言っている保証はないので、結局はわからないということになる。

「うーん……」

なんだか思考が行き詰まってしまった。思わず唸《うな》った僕は、いつの間にか近くから顔を覗き込まれ、はっとなった。

「ああ、ごめん。ぼんやりして」

「いや、いいんですけど……竹之内さん、大丈夫ですか？」

藤田が心配そうに問うてくる。

「大丈夫って？」

体調か、それとも心情か、と首を傾げると藤田は、

「愛さんのことですよ」

と少し憤《いきどお》った口調で話し始めた。

「愛さんが犯人とは思いませんが、なぜ口を閉ざしているのか。かと思うとなぜマスコミに自分が留置されていることを流せと言ったのか。愛さんは少しも自分の意図を明かしてくれません。結果、竹之内さんだけじゃなく世間を振り回していることに気づいていない

わけがないのに」

「……僕が愛なら、意図を読むこともできるんだろうけどね」

言った傍から落ち込む自分に苛つく。愛はもしや、僕が自分の意図を読めないでいるなんて想像もしていないんじゃなかろうか。

自分にとっての『普通』が僕や世間の皆にとっては『普通』ではないことが、愛にはわかっていないのか。いや、愛ならそんなことはあるはずない。となると愛は僕なら何も言わずともわかると判断したのだろうか。なのに僕は愛の期待に応《こた》えられていない――と？

「……やっぱり全然、大丈夫じゃなさそうですね」

やれやれ、と藤田が溜め息をつきながら、僕の目の前で右手をひらひらと振った。

「愛さんも竹之内さんに甘えすぎだと思うんですよね。甘える、というのとはちょっと違うかもしれないけど、もう少し、目的とか理由とかをはっきり言葉で伝えてほしいですよね。普段はともかく、今回のような場合は」

「………………うん」

藤田の憤りはポーズで、落ち込む自分を元気づけるために敢えて怒ってみせているのだということがわかるだけに、尚更落ち込む。

しかし落ち込んでみせると更に藤田に気を遣わせることになる。それで僕はわざと吹っ

切った素振りを作ると、

「吉祥寺って、ここからどうやって行くのが早いかな」

とスマホをポケットから取り出し、路線検索のアプリを立ち上げたのだった。

6

「あれ？　チラシ、なくなってますよ」

今朝来たときにはポストから入りきらないチラシや手紙が溢れていたのに、それがすべて綺麗になくなっている。

ということは、とチャイムを鳴らそうとしたと同時に部屋のドアが勢いよく開き、思わぬ人物が顔を覗かせた。

「康正《やすまさ》、どこに行ってたのよ！」

「あなたは……」

藤田と僕、二人して目を見開いた、その視界の先で、ぎょっとしたようにドアを閉じかけたのは、被害者の娘、絵里花だった。

「ちょ、ちょっと待ってください」

藤田が慌ててドアノブを摑むと同時に靴先をドアの隙間に突っ込んだ。

「絵里花さん、開けてください。富士さん、まだ戻っていないんですね？」

「…………」

絵里花は諦めたように溜め息を漏らすと、ドアを開き頭を下げた。

「……はい」

「入っていいですか？」

「……どうぞ」

絵里花は無愛想ではあったが、朝会ったときよりは感じは悪くなかった。それが、事件の情報を得たいためだということはすぐにわかった。

「お茶、淹《い》れます」

「いや、おかまいなく」

質素な部屋だった。が、清潔感はある。絵里花が片付けたのだろうか。室内を見回していた僕の横で藤田がキッチン台に向かう絵里花を止めた。

「あの……ネットのニュースで見ました。愛キャスターが逮捕されたって」

「いや、逮捕されてませんよ」

どんなニュースがネットに流れているというんだ。検索したいが今はすべきでないことくらいはわかる。

慌てて答えた藤田に、絵里花が驚いたように問い返す。

「逮捕されていないの？　それじゃあ、犯人はまだ捕まっていないということ？」

絵里花があからさまにがっかりした顔になる。

「富士さんと最後に連絡を取ったのはいつですか？」

藤田の問いに絵里花は、むっとした顔になった。

「富士さんが容疑者というわけじゃないんです。ただ、お話を伺いたいと。それだけです。それに、もしも自ら姿を消したのだとしたらその理由もお伺いしたいと思いまして」

「………………」

絵里花は暫く藤田を睨んでいたが、やがて深く溜め息を漏らすと首を横に振った。

「……昨日の夜です」

「そのとき、何か変わった様子はありませんでしたか？」

「ありません。いつもと同じです。他愛《たわい》のない話をして、すぐに電話を切りました」

「電話だったんですね？」

「はい」

頷いた絵里花に、藤田は尚も問いを重ねた。

「お父さんが亡くなったあと、電話やメールはなさいましたか？」

「しましたよ。でも応対に出てもくれないし、既読にもなりません。一体、どこで何をしているというんでしょう。私が聞きたいくらいです」

「電話は携帯ですよね？」

藤田が部屋を見回す。固定電話がないことを確認したのは、富士が二、三日前から部屋を空けていたと聞いているからだった。

その間、富士はどこにいたのか。もしかして、と僕は思いついたことを問うてみた。

「もしかして、最近はあなたの部屋にいらしたとか？」

「…………ええ、まあ。私が体調悪くしていたものだから」

絵里花は少しバツの悪そうな顔にはなったが、答えてくれた。

「昨夜、午後八時くらいに電話をくれました。週末、部屋を見に行こうって。三日間、私の部屋で一緒に寝起きしたことでお互い、気持ちが高まって。一緒に住もうという話になったんです」

「……そんな話をしていた人が、殺人なんて犯すわけないですよね」

思わず、ぽろ、と本音が漏れる。

「そうですよね。刑事さんもそう思いますよね？」

途端に絵里花がガバッと顔を上げ、僕へと迫ってくる。

「あっ……その、ええと……っ」

そうだ。彼女に対しては『刑事』となっていたのだった。情けないことに今それを思い出し、慌ててしまう。

「それに、康正は馬鹿みたいに父を尊敬してたんです。どんなにキツく当たられても、愚《ぐ》痴《ち》一つ零さず、さすがだ。すごい、将来の目標だと、賛美しかしてなかった。結婚を反対されたときには、自分の腕が未熟だからきっと反対しているんだ、認めてもらえるよう頑張るって更に発憤《はっぷん》して……。間違っても康正が父を殺すはずないんです。行方をくらませているんじゃなく、何か、連絡できない事情があるはずなんです。あ！」

絵里花はすっかり興奮しており、いきなり高い声を上げたかと思うと、なんと僕に縋ってきた。

「事故に遭って病院に運ばれているとか！　きっとそうよ！　それ以外、考えられません！」

「落ち着いてください、清水野さん」

藤田が慌てて彼女を僕から引き剥《は》がす。

「状況はわかりました。富士さんの行方については我々も全力で捜します。もしも、あなたのところに電話でもメールでも入ったら、お知らせいただけますか？　我々も富士さんの行方がわかり次第、必ずご連絡を入れますから」

「……わかりました……」

絵里花が頷き、藤田の差し出した名刺を両手で受け取る。名刺を見つめる彼女を前に僕と藤田は顔を見合わせ、これ以上、聞き出すことはないなと互いの意思を確かめた。

「それでは、ご協力ありがとうございました」

藤田が丁寧に頭を下げる。

「あの……」

と、それを聞いた絵里花ははっとしたように顔を上げ、藤田と僕を見やりつつ口を開いた。

「愛キャスターはなぜ現場にいたんですか？」

「……それは……」

藤田が、困ったな、という顔になる。『捜査中』と誤魔化すことも可能だが、朝、それで彼女には激怒されているだけに、言葉を選ぶ必要があると考えたようだ。

「父と揉めていたということはないでしょうか。未だに父がテレビの取材を受けようとしたことが信じられないんですけど、たとえば無理矢理取材しようとしていたとか、そういったことは……」

「ありません」

もしや愛を疑っているのか、と気づいた途端、僕は思わず大きな声で否定していた。

「竹之内さん」

藤田に声をかけられ、しまった、と慌てて誤魔化そうとする。が、それより前に絵里花に、

「どうして断言できるんですか」

と身を乗り出すようにして問われ、完全に思考が止まってしまった。

「父のマスコミ嫌いは筋金入りです。無理に取材をしたとしか思えません。それに愛キャスターは現場にいたんでしょう？　一番怪しいのはやっぱり愛キャスターなんじゃないですか？」

「ちょっと待ってください。愛は無理矢理取材をすることもないですし、それに何より、人を殺すようなことはしない。万一、不可抗力で……誤って人を殺してしまったとしたら、口を閉ざしてるわけはないんです。真っ先に己の罪を認め、償いを考える。愛はそんな男なんです！」

思考力がゼロになっているところに、尚も誹謗《ひぼう》としかいいようのないことを言われたせいで、頭に血が上った。それで絵里花に負けじとまくし立ててしまっていた僕は、藤田に、

「竹之内さん！」

と腕を摑まれ、はっと我に返った。

「……あなた、愛キャスターのファン？」

絵里花が眉を顰めつつ、問うてくる。

「思い込み、激しすぎるんじゃない？」

「それは……っ」

そのとおり、と認めたほうが場は丸く収まる。わかってはいるが、それでは彼女の愛に対する誤解は解けない。

どうしよう、とリアクションに迷っている間に、藤田の携帯が鳴った。

「すみません」

藤田もこの状況を持て余していたのか、逃げるようにして電話に出てしまった。

「捜査に私情を交えないでほしいわ。だいたい、なぜ愛キャスターがそんな遅い時間に店にいたのよ」

僕が黙り込んだせいか、ますます絵里花がエキサイトする。言い返さないと、更にエスカレートしそうだが、何を言えばいい、と頭を働かせようとしたそのとき、藤田の声が響いた。

「なんですって？　防犯カメラに写ってた？」

「……え？」

絵里花の顔色がさっと変わる。『誰が』と藤田は言わなかったが、怯《おび》えたような表情を見るに、庇《かば》いながらも彼女もまた、富士を疑っていたということだろうか。

「わかりました。すぐ向かいます」

短く答え、藤田は電話を切ると改めて絵里花に視線を向けた。

「近所のガソリンスタンドの防犯カメラに、昨夜、事件発覚の直前、店の方向から駆けてくる富士さんの姿が写っていました」

「嘘よ」

即座に言い返した絵里花の顔は強張ったままだった。

「嘘ではありません。富士さんから何かコンタクトがあったら必ず連絡をください。いいですね？」

藤田は厳しい表情となっていた。

「…………」

絵里花は無言で藤田を睨みつけている。

「それでは失礼します」

藤田はそんな彼女に頭を下げると僕を見やり、行きましょう、と頷いた。

「康正が父を手にかけるなんてこと、あり得ないわ」

玄関へと向かう僕らの背中に、彼女の声が刺さる。

「…………」

つい、振り返ってしまったのは、どうしても違和感があったからだった。彼女にとっては父親よりも恋人のほうに比重があるというのか。一年会っていないというのも驚きだったが、という気持ちが顔に出たのか、絵里花は、

「なによ」

と今度は僕を睨みつけた。

「また言うつもり？　父親が殺されたのにって」

「いや、そんな……」

何も言ってないじゃないか、と言い返そうとしたが、思ったのは事実である。敏感にそれに気づいたのは、自覚があるからに違いない。

となるとやはり、理由は知りたいと僕は怒られること覚悟で彼女に向かい直り問いを発してみた。

「責めるわけではないんですが、純粋に不思議で。お父さんが亡くなったのをあなたはなんというか……」

『悲しんでいない』というのは言い過ぎだろう。ソフトな表現は、と探している間にストレートな単語を本人が口にしていた。

「全然ショックじゃないのかとか、悲しくないのかとか、聞きたいんでしょう？　冷たい娘だと言いたいんでしょ？」

「いや、そうじゃないんですが、なんというかその……」

困る僕にすかさず藤田の救いの手が差し伸べられる。

「被害者のご遺族の皆さんとはリアクションが違うのが気になったというだけです。別にあなたが父親を殺したなんて思っていませんので」

「殺すほどは憎んでいません。許せないとは思っていたけど」

吐き捨てるようにして絵里花が告げる。

「許せない？　結婚を反対されていたことをですか？」

親の何を『許せない』と思ったのか。またも僕は気になったことをつい、問いかけてしまっていた。

「すべてよ。父にとっては大切だったのはお店で、家族は二の次、三の次だった。母が亡くなったのも父のせいだわ。さんざん無理をさせた挙げ句に、倒れて入院しても見舞いには一度も行かなかった。危篤《きとく》になっても店を開け、母の傍にはいなかった。酷い夫だと思わない？」

　絵里花は僕に問いはしたが、答えは求めてはいなかったようで、次々言葉を繰り出してくる。

「父親としてだって酷いもんだったわ。学校行事になんて一回だって来たことがない。いつも叔父叔母が代理で来てくれてたわ。父親らしいことは何もしてこなかったのに、結婚は反対するなんて、納得できるわけがないでしょ？　すべてが許せないの。わかった？　わかったら帰って！」

　またも最後には彼女を怒らせてしまった。反省していた僕の横で藤田が、

「失礼します」

と丁寧に頭を下げ、ドアへと向かう。

「すみませんでした」

不快な思いをさせて、と僕も頭を下げてから、藤田のあとに続いた。

　そんな僕らの背に、再び絵里花が声をかけてくる。

「待って」

「はい」

　振り返った藤田に絵里花は一瞬、言葉を探すような顔になったあと、やがて低い声でぼ

そ、と言葉を告げた。

「……康正の行方がわかったらすぐ、知らせてください。お願いします」

「わかりました。ご連絡先を伺えますか？」

藤田がポケットから手帳を出し、問いかける。

絵里花が告げる携帯電話の番号を藤田がメモしている間、僕は彼女の表情を観察していた。

随分と思い詰めているように見える。恋人が父親を殺したかもしれないということの状況では、思い詰めないほうがおかしいだろう。

にしても、と僕は先程の彼女の話を思い返していた。

叔父の荻村からも聞いてはいたが、父親に対する彼女の確執は少女の頃から積み重ねられてきたもののようだ。とはいえ、本人の言うように、殺意を覚えるほどではないという印象を受ける。

憎しみというより寂しさ、切なさ。そういったものを強く感じるのだが藤田はどう思っただろう。

あとで聞いてみようと一人頷く僕の前では、絵里花から携帯の番号を聞き終えた藤田が、

「それでは」

と頭を下げるところだった。

今回、むっとした様子ながらも絵里花は僕たちをドアまで見送った。

「よろしくお願いします」

頭を下げる彼女に頭を下げ返し、部屋を辞する。

「現場で斎藤さんが待ってます」

行きましょう、と藤田が誘ってきたが、果たして僕も行っていいのか、と首を傾げた。

「行ったもん勝ちでしょう。愛さんのかわりに現場をしっかり見ておかないと」

藤田に促され、彼と共に駅へと向かう。

「どう思った?」

早速僕は、絵里花との面談に関する感想を藤田に求めた。

「竹之内さん、話、聞き出すの上手いですよね。感心しました」

藤田が最初に口にしたのはなんと僕への感想――しかもめちゃめちゃお世辞の入った――で、違う、と僕は首を横に振ると本来聞きたいことを尋ねていった。

「絵里花さんについてだよ。彼女は弟弟子、富士のことを少しは疑っているんじゃないかな」

「まあ、姿を消していますからね。それに同棲《どうせい》が決まったばかりというのも気になります。

それを被害者に申し出て激高されたという可能性もあるだろうし……」

　藤田も僕とほぼ同じことを考えており、また、同じことを気にしていた。

「しかし通報者って誰なんでしょうね？　匿名というのが気になります」

「通報のタイミングで愛が店にいたというのも気になってるんだ。まさか通報者って愛じゃないよな？」

「愛さんが？　いや、愛さんが通報したなら、駆けつけた警官に状況を話すんじゃないですか？」

　藤田の指摘ももっともで、なんで僕は愛と思ったのかと、自分の思考に首を傾げてしまった。

「ごめん。混乱してるみたいだ」

「いえいえ。愛さんの黙《だんま》りは僕も気になっているので」

　フォローしてくれた藤田が「急ぎましょう」と足を速める。あとに続きながら僕は僕なりに事件について考え始めた。

　富士の動機は弱い。が、富士以外に人気レストランのシェフを殺そうとする人間をなかなか思いつかない。

　兄弟子の山本は？　十年以上、キャリアの違う弟弟子の才能を買われていたということへの嫉妬《しっと》とか？

　しかし山本と話した感じ、彼自身が富士の才能を高く評価していたし、今の境遇には同情的だった。その上、暖簾分けも約束されていたというのなら、殺すほど憎む必要はない気はする。

　娘の絵里花も、いくら父親との確執があろうが、殺そうとまでは思わないのではないか。人それぞれ、とはいえ、この二人は富士以上に動機が弱い。

となると？　地上げをしようとしていた暴力団関係者だろうか。これが一番ありそうな気がするが、だとしたら愛はなぜ口を閉ざしているんだろう。

　犯人に心当たりがあるとか？　犯人を庇っている？　いや、愛にかぎっては犯罪を見過ごすなんてこと、するはずがない。

「竹之内さん？」

　一人で考え込んでしまっていた僕に、藤田が呼びかけてくる。

「あ、ごめん。なに？」

「富士は犯人ではないのなら、なぜ姿を現さないんでしょう？　店から飛び出してきたのは彼だったとなると、もう犯人としか思えなくないですか？」

「見つかれば即逮捕された上で、厳しい取り調べによって犯人に仕立て上げられると思っている……とか？」

『犯人ではない可能性』を考え言うと、藤田に苦笑されてしまった。

「大昔の刑事ドラマじゃあるまいし。そんな無茶したら後々裁判で大変なことになりますよ」

「そりゃそうだろうけど、可能性としてさ」

笑われることはわかっていた、と強がりを言いつつ、他の可能性を考える。

「あとは何か余罪があるとか？　逮捕され、そっちを調べられたらマズいと思って姿を消した」

「その可能性はありそうですね」

一応同意はしてくれたものの藤田は、そうは思っていない様子だった。

「ともかく彼の行方を捜すことが先決となりそうです。本人に語ってもらうのが一番確かですから」

「うん」

正論だ、と僕も頷くと、二人して駅へと向かいますます足を速めたのだった。

「こっちだ」

現場となったレストラン前には大勢のマスコミがカメラを設置していた。が、斎藤が睨みをきかせているせいか、レポーターの姿はなく、カメラを回している様子もなかった。

藤田と共に現場に入った僕を斎藤は睨みはしたが、『出ていけ』と言うことはなかった。

「これ、どうぞ」

藤田が白手袋を渡してくれる。

「ありがとう」

「ここに遺体があった」

白いテープがはられたすぐ前に斎藤は立ち、藤田——と多分僕に状況を説明してくれた。

「凶器は店にあった包丁だ。普段、富士が使っているものと確認が取れている」

「そして富士は事件直後に店から駆け出していった——犯人で確定じゃないか」

ぼそりと呟いた藤田に、斎藤が問いかける。

「まだ、行方はわからないのか？　富士のアパートに行ったんだろう？」

「はい。室内には被害者の娘さん、絵里花さんがいましたが、彼女も昨日の夜以降、連絡は取れていないと言ってました」

「本当なのか？」

斎藤の目が厳しくなる。

「嘘を言っているようには見えませんでした。行方がわかったら即、連絡をほしいとも言っていましたし」

「どうだかな」

斎藤は藤田の言葉を疑っている様子だった。口を出したら怒られるかと思いつつも、つい、思ったことを告げてしまう。

「僕も藤田さんと同意見です。二人は同棲を始める予定だったということでしたし、心底心配しているように見えましたが……」

「ボーズの意見など聞いちゃいないがな」

斎藤がじろ、と睨んでくる。厳しい双眸と厳しい口調に身が竦んだが、それでも『出て行け』と言われないのはまだマシなのかと思いつつ僕は口を閉ざした。

藤田が目で『ありがとう』と礼を言ってくる。いや、なんの役にも立っていないから、と僕も目で応えたとき、一人の刑事が店に駆け込んできた。

「斎藤警部補！　今、築地東署から連絡が！」

「どうした」

斎藤が厳しい目のまま刑事を振り返る。と、刑事はあきらかに腰が引けた様子となったが、すぐ気を取り直したようで言葉を続けた。

「愛キャスターが斎藤さんと話したいと言っているそうです！」

「なんだと？」

斎藤の目つきが更に厳しくなる。刑事はますます動揺した様子となったが、なんとか踏みとどまっていた。

「車を用意してます。すぐ向かわれますか？」

「ああ。まったく、あいつは警察をなんだと思ってるんだ」

斎藤ははっきり苛立っていた。怒りのオーラというのは目に見えるものだということを僕は今、身を以《もっ》て体験していた。

「行きましょう」

藤田に誘われ、僕も慌てて二人のあとに続く。

覆面パトカーの助手席には藤田が座ったので、僕は斎藤と共に後部座席に座らざるを得なくなったのだが、おかげでピリピリしたムードをより強く感じることとなった。

「おい」

車中、斎藤が僕を睨むようにし、声をかけてくる。

「は、はい」

「愛は何を企《たくら》んでいる？」

聞かれたところで、僕にわかるはずもない。しかし『さあ』と首を傾げればますます機嫌が悪くなるとわかっていたので、ストレートに現況を答えることにした。

「わかりません。しかし、何か考えがあるからこその行動だと思います」

悪戯《いたずら》に警察を——斎藤を振り回して遊んでいるわけでは決してない。そう言いたかったのだが、斎藤に、

「当たり前だろうが」

と切れられ、その部分は言葉にできなかった。

「そもそもなんで奴は一人で店に行った？　取材にはいつも二人で行っているとプロデューサーの池田に聞いたぞ」

「……それは……」

池田に聞き込みに行っていたことにも驚いたが、まさか面と向かって斎藤に理由を聞かれるとは思っておらず、そのことにも僕は酷く動揺した。

「それは？」

斎藤がますます厳しい顔を向けてくる。鬼のようなその顔は、僕に本音を言わせるに充

分だった。

「け、喧嘩したんです。愛と。それで愛の取材についていくのを断ったんです」

「喧嘩？」

聞いた途端、斎藤は興味を失ったらしく「馬鹿馬鹿しい」と吐き捨て、僕とは逆側の窓の外を見始めてしまった。

「珍しいですね、愛さんと喧嘩なんて」

逆に藤田は興味を持ったようで、助手席からベルトを緩めるようにして振り返り、問いかけてくる。

「原因はなんだったんです？」

「藤田、お前いい加減にしろ」

斎藤の苛立った声が車中に響いたため、運転手役の刑事は急ブレーキを踏みそうになっていた。

「すみません」

一方藤田は首を竦め、舌を出している。彼の強心臓が僕にもほしい、と、それこそ口から心臓が飛び出しそうなほど鼓動が速まっていた僕の頭に、愛の顔が浮かんだ。

彼は今、何を考え、何をしようとしているのか。そもそもなぜ、今まで口を閉ざしていたというのか。

僕のことはまだ怒っているだろうか——思わず溜め息を漏らしそうになり、そんな自分の女々しさに嫌気が差してしまっていた僕もまた車窓へと目をやると、次々と視界に飛び込んでくる工事中の建物を見るとはなしに見つめていたのだった。

7

築地東署に戻ると、すぐに愛が待っているという会議室へと僕らは向かった。

「お前は！　一体何を考えている！」

部屋に入り、顔を見た途端、斎藤が愛を怒鳴りつける。

「富士は？　彼の行方はわかったか？」

一方、愛は酷く焦っているように見えた。斎藤の怒りになどかまっていられないとばかりに、逆に彼に問い返している。

「何を？」

「まだです！　昨夜の八時以降、恋人の絵里花さんにも連絡が入っていないそうです」

答えたのは藤田だった。

「まずい……」

愛の口からぼそりとその言葉が漏れる。

「何がマズいんだ？」

愛の顔色は悪かった。一体何を案じているのかと、思わず問いかけた僕へと愛が視線を向けてくる。

「竹之内、すぐにも『チーム愛』を招集してくれ。正攻法では口を割らせることができないかもしれない」

「ええっ」

いきなりの指示に、上げるつもりのなかった驚きの声が口から漏れてしまった。

「いいから早く！」

「『チーム愛』って取材か？　お前、ふざけるなよな」

斎藤の怒号が飛ぶ。と、愛は彼へと視線を向け、きっぱりとこう言い切った。

「取材ではありません。人命を救うためです。今にも真犯人によって富士さんが殺されてしまう可能性が高いからです」

「なんだと!?」

「なんですって!?」

斎藤と藤田、二人して驚きの声を上げる中、僕も唖然としていたのだが、すぐさま愛に怒鳴りつけられ、はっと我に返った。

「竹之内、早くしろ！　僕はスマホを取り上げられている！」

てくれた。

言われてすぐ、杉下の番号を呼び出す。杉下はコールしたかしないかのうちに応対に出
「わ、わかった」

『竹之内さん、ちょうどよかった。今連絡を入れようとしていた』

「杉下さん、愛から招集がかかりました」

勢い込んで話し出そうとする彼の声に被せ、そう言うと、杉下は、

『そうか！　警察から身柄を解放されたんだな』

と喜びの声を上げる。

「すぐ来られますか？　ええと……」

ここに呼んでいいのか、と愛を見ると愛は、いい、というように頷いてみせた。

「築地東署です」

『わかった。愛さんに伝えてくれ。あのあたりの地上げを仕切っているのは銀昇会《ぎんしょうかい》の若頭、鮫島《さめじま》だそうだと』

「わかりました。伝えます」

僕が返事をすると杉下は、すぐにバンを築地東署につけると告げ、電話を切った。

「杉下さん、なんだって？」

愛が僕に問うてくる。

「あの辺一帯の地上げを担当しているのは銀昇会の若頭、鮫島という男だそうだと伝えてほしいって」

「斎藤さん」

すぐさま愛の視線が斎藤に向く。

「なんだ」

「鮫島という銀昇会のヤクザとレストランの関係者との繋がりを至急、探ってもらえませんか？　コンタクトをとっているはずです……いや、そんな悠長なことは言っていられないか」

最後は独り言のようだったが、愛は思い切った表情となると改めて斎藤に向かい、口を開いた。

「言い直します。鮫島と被害者の義弟、荻村成二の繋がりを調べてください」

「荻村？　遺体確認に来てくれた？」

今度も斎藤のかわりに藤田が驚いたように問い返してきた。

「そうです。これから僕は彼のところにクルーを連れて撮影に行きます。間違いなく彼が富士の身柄を拘束しているでしょう。銀昇会の手は借りていないはずですが、念のため、

銀昇会について も調べてください」

「ちょっと待て。お前が言いたいのはつまり、犯人は荻村だということか？」

斎藤の目は今まで以上に厳しく、『射貫かれる』という表現がぴったりくるほどの鋭い眼光であったが、愛は真っ直ぐに彼の視線を受け止めると、

「そうです」

きっぱりとそう、頷いてみせた。

「証拠は」

「それをこれから探します」

「馬鹿な」

吐き捨てる斎藤に愛が身を乗り出し、訴えかける。

「証拠ではなく証人を、です。荻村は義兄を殺し、その罪を最も容疑者になり得る可能性の高い富士にかぶせようと画策していたに違いありません。僕という邪魔が入らなければ富士は犯人として逮捕されていた。ああ、富士の行方がわからないことや、万一、防犯カメラに彼が写っていたとしても、その情報はマスコミにはまだ流さないでください。富士の命が危うくなる」

「……まだマスコミ発表はしていない。しかし本当なのか？　なぜ荻村が義兄を殺す？」

斎藤の問いに即座に愛が答える。

「店を売却するためです。荻村の会社は今、経営難に陥《おちい》っている。『ボン・ニュイ』の店の地上げが成功すれば、それなりの報酬を与えると銀昇会と話がついているんでしょう」

「あの人が……景気、よさそうに見えたけど……」

署に来ていた荻村の、一分《いちぶ》の隙《すき》もない決まった服装を思い起こしていた僕を愛はちらと見たが、何を言うこともなく斎藤に向かい話を続けた。

「業績については調べてもらえればわかります。早ければ来月にも不渡りを出しかねない状態です。そこに鮫島がつけ込んだのでしょう」

「動機は金か」

斎藤が厳しい表情のまま、ぼそ、と呟く。

と、そこでまた僕の携帯が着信に震えた。

「もしもし？」

かけてきたのは杉下だった。

『竹之内さん、駄目だ。署の周りはマスコミが陣取っていて、地下の駐車場にも入れない』

「杉下さんが、署に近づけないと言ってます」

電話を顔から遠ざけ、僕は斎藤や藤田に、なんとかできないか、と訴えかけた。

「仕方がない。正面から出よう」

愛が意味のわからないことを言う。

「仕方ないって？　マスコミの餌食《えじき》になるぞ？」

正面から出たりしたら、と言った僕に続き、藤田もまた焦った声を上げる。

「もみくちゃにされます。今、脱出経路を確保しますので」

「いや、むしろ好都合に思えてきた。記者たちの質問に答えてから向かうことにする。斎藤さん、少々騒ぎとなると思うが、フォローよろしくお願いしますね」

「何がフォローだ！　するはずがないだろう！　ふざけるな！」

斎藤が怒声を張り上げたが、愛はまったく相手にしていなかった。

「杉下さんに少し離れたところに車を停《と》めるよう言ってくれ、竹之内」

愛が僕に指示を出したあと、

「行きましょう」

と立ち上がる。

「勝手にしろ」

斎藤はむすっとしていたが、すぐに藤田に向かい指示を出した。

「銀昇会と荻村の接点を調べろ。あと築地東署の連中に愛がこれから出る旨《むね》を伝えて協力を仰ぐんだ」

「わかりました！」

藤田はすぐさま返事をし、部屋を駆け出していった。

「少しの間、待て」

斎藤もまた立ち上がり、愛を見下ろすようにして睨みつけた。

「覚えておけ。俺はこういうやり方が嫌いだ」

「こういうやり方というのは、黙秘をしていたのに困れば助けを借りようとするというところですか？」

愛としては揶揄《やゆ》のつもりはないだろうが、聞いた斎藤はむっとしたらしく、

「わかっているじゃないか」

と威圧感なんて言葉じゃ足りないほどの圧を愛にかけてくる。

僕があんな風に対応されたら、チビってしまうのでは、と思われるのに、愛はまったく感じないのか、

「不快に感じるのも当然だと思います」

申し訳ありません、と斎藤に頭を下げた。

「しかし、僕としても警察を愚弄《ぐろう》するつもりはありませんでした。人命を守りたかっただ

けだということはわかってもらいたい」

　そして顔を上げ、愛がそう言ったとき、再びドアが勢いよく開き、藤田が駆け込んできた。

「準備できました。下までお送りします」

「俺も行く」

　斎藤が藤田に向かってそう告げ、えっと驚いた僕をじろ、と睨む。

「ボーズも行くんだろ？」

「は、はい」

「竹之内、しっかりついて来いよ」

　愛もまた僕にそう声をかけ、斎藤に向かい、

「ありがとうございます」

　と笑顔で頭を下げた。

「ふん」

　斎藤はそっぽを向き、愛に声をかけようとしなかったが、愛の前に立ち、ドアへと向かって歩き出した。その後ろに愛が、愛のあとに僕が続く。

「わっ」

署のエントランス前にはマスコミが溢れていた。警察官たちがガードに入ったことで、愛が出てくると悟られたようだ。

「本当に正面から行くのか」

物凄いフラッシュとテレビカメラの数に、さすがの斎藤も少しぎょっとした顔になる。

「一分、取材に答えてすぐ車に向かいます」

愛はそんな斎藤に向かい、ニッと笑ってそう告げると、

「行きましょう」

と先に立って歩き始めた。

「勘弁しろよ……」

斎藤がぼそ、と呟きつつ、横に並ぶ。愛のあとについて外に出ると、途端にマスコミにわっと取り囲まれた。

「愛さん、愛さんと事件のかかわりは？」

「逮捕されたという報道もありましたが、実際はどうなんでしょう」

「なぜ警察に身柄を拘束されていたのですか？」

次々向けられるマイクを、周囲を取り囲む警察官が遮ろうとする。と、愛が足を止め、凛とした声を張り上げた。

「詳しくは後ほど発表しますが、私が口を閉ざしていたのは冤罪《えんざい》を防ぐためです。罪を負わされようとしている人が今、生命の危機に陥っている可能性が高い。どうか道をあけてください。その人物を救わねばなりません」

場は一瞬、シン、となった。が、次の瞬間にはそれまで以上の喧噪《けんそう》が沸き上がることとなったのだった。

「どういうことなんです？　愛さん、はっきり言ってください」

「冤罪を防ぐためって、誰のことを言っているんですか」

「誤魔化そうとしているんじゃないですか？　愛さん、それじゃわかりません」

物凄い勢いでレポーターたちが迫ってくる。が、愛は彼らをまったく無視し、斎藤をはじめとする警察官たちに囲まれながら真っ直ぐ杉下のバンへと向かっていった。

「愛さん！　詳しく説明してください！」

「愛さん！　もう一言！　一言ください！」

突き出されるマイク。焚《た》かれるフラッシュ。もう、目がチカチカしてしまってはっきり前が見えない。

「竹之内、しっかりしろ」

先に車に乗っていた愛に引っ張り込まれ、斎藤がマスコミをガードしつつドアを閉めてくれる。

「愛さん、もう、心配したじゃない」

助手席から音声担当の三島由梨恵《みしまゆりえ》が振り返り、愛を睨んでみせた。

「記者たち、轢《ひ》かれるなよ」

運転席の杉下が唄《うた》うような口調でそう言いながら車を出す。

「お、もうニュースになってる。さすが愛さん、速報も出たね」

三列目の座席に座っていた八重樫《やえがし》が、スマホの画面を手に身を乗り出してくる。

『私が口を閉ざしていたのは冤罪を防ぐためです。罪を負わされようとしている人が今、生命の危機に陥っている可能性が高い』

「いい声だねえ」

八重樫が感心した声を上げると、助手席で同じくスマホ画面を見ていた三島が「あ」と声を上げた。

「竹之内さんも映ってるわよ。顔半分、見切れてるけど」

「げっ。マジですか?」

三島にからかわれ、僕も慌ててスマホをポケットから取り出した。

「おいおい、もう走り出してるんだが、行き先はどこだよ」

警察官のガードのもと、既に杉下の運転する車は発進していた。

「西麻布《にしあざぶ》の荻村の会社に向かってください」

愛が杉下に指示を出す。

「おや、てっきり銀昇会かと思ってた」

杉下が少し慌てた様子となり、ハンドルを切る。

「ちょっとー、マスコミ、ついてきてるわよ。まかなくていいの？」

三島がバックミラーを見ながら溜め息を漏らす。僕も振り返り、リアウインドウを見ると、三島の言うとおりマスコミ各社の車がきっちり列を成し、この車を追いかけていた。

「まあ、いいよ。それも狙いだ」

肩を竦める愛に僕は、少し苛立ってきたこともあって、我ながら棘《とげ》のある声で訴えかけてしまった。

「そろそろ全部話してくれてもいいんじゃないか？　斎藤さんも怒っていただろ？『チーム愛』の皆にも、これから愛が何をしようとしているか言葉で話してくれないと、何も伝わらないよ」

「今、話そうとしていたところだ。君に言われるまでもなく」

と、愛がむっとした顔になり、少し不貞腐《ふてくさ》れた声を出す。

「あら、愛さんが拗ねるなんて珍しい」

三島がまたもからかってきたのを、横から杉下が「よせよ」と窘《たしな》めると、バックミラー越しに愛を見やり、問いかけてきた。

「義弟の荻村と銀昇会が繋がっているようだな。義兄を殺してあの店の土地を売ろうとしたといったところか？」

「まさにそのとおりです。しかし清水野さんが亡くなったとしても相続するのはお嬢さんの絵里花さんだ。絵里花さんは清水野さんの弟子、富士君と結婚の約束をしていた。荻村にとっては邪魔な存在だ。富士君は清水野さんが店を売りたくないことをよく知っていたからね。それで荻村は彼を犯人に仕立て上げようとしたのだと思われる。そのために富士君を犯行の直後に呼び出したのだろうから」

「愛は？　愛はなぜあの場にいたんだ？」

呼び出されたわけではないと思うが、ならなぜ警察官が来たタイミングで店に居合わせることができたのか。

それを教えてほしいと愛を見る。愛は僕を見返すと、一瞬、思考を働かせるような素振りをしたあとに口を開いた。

「取材中、清水野さんから夜に荻村と話し合う予定だと聞いたんだ。時間がやたらと遅いのと、それまでの会話でどうも清水野さんが荻村に対して不信感を抱いているのがなんとなく伝わってきたこともあって、それで約束したという時間に店の様子を見に行ったんだ」

「そもそも、取材ってなんの取材だったんだ？　地上げのことか？」

そうじゃないかと思い問いかけると、愛は「そのとおり」と頷いた。

「今のところ、銀昇会は大人しくしているが、いつ何時、暴力に訴えてくるかわからない。それをテレビで訴えたいということだった」

「なるほど。それなら取材を中止にしたいというのも理由の一つだったんだろうな。命を奪ったのは」

だからこそのあのタイミングでの殺害か、と納得した僕に頷き、愛が話を再開した。

「おそらくはね。そうしたわけで夜中、店の前を通ったが、当然ついているはずの明かりがついていないことがまず気になった。しかし訪問するには遅すぎる時間だしと引き返そうとしたんだが、店から富士君が飛び出してきたのに違和感を覚えて入ることにしたんだ。床で倒れているのが清水野さんとわかって驚いたよ。そこに警察が踏み込んできたんだ」

「なぜ何も言わなかった？」

「言えば当然、富士君が疑われることになっただろう。その時間、清水野さんと約束をしていたのは荻村だとたとえ僕が言ったとしても彼のことだ。自分のアリバイを作っているのではと思われた。それで一旦は口を閉ざしたんだ。荻村はともかく、富士君も自分が無実であるのなら、落ち着けば出頭してくるだろうと考えたこともある。無関係の僕が警察に身柄を拘束されているとわかれば、富士君なら必ずそうしてくれると。取材前打ち合わせで一度会っただけだが、随分と正義感が強そうだと感じたしね」

「しかし、富士君は行方をくらませてしまった」

「そう。マスコミに僕が留置されたことを流してもなんの反応もない上、藤田君と竹之内、君たちから富士君の行方が知れないと聞き、一気に心配になった。清水野さん殺しの罪を着せられた上で、自殺に見せかけて殺されたりしないかと」

「だからさっき、マスコミにああ言ったのか！」

あれは牽制《けんせい》だったんだ、と僕は愛の言葉を思い起こしていた。

『罪を負わされようとしている人が今、生命の危機に陥っている可能性が高い』

「そうだ。僕が警察署で口を閉ざしていたのもまた、犯人への牽制だった。僕が黙っている間は身動きがとれまいと思ったんだ。僕に何を見られたか、なぜ喋らないのか。そうしたことを探りにかかるのではないかと思ったのさ」

「あ、探られた！　遺体確認のとき！」

記憶を掘り起こし、そのことを思い出す。

『なぜ義兄の遺体の傍にいたんです？　愛さんはなんと言っているんですか？』

あのときは意図に気づかなかった。僕もまた、愛がなぜ黙《だんま》りを決め込んでいるのか知りたかったから。

荻村は内心に不安を抱えていたというのか。彼はどんな顔をしていただろう。わざとらしいところはあっただろうか。演技めいた言葉や表情は？　義兄の遺体を確認したあとだったから、動揺していて当たり前という目で見ていたので、少しくらい様子がおかしくてもスルーしてしまっていた気がする。

「……そうか。あれが……」

気づかなかった自分が情けない。俯《うつむ》いてしまっていた僕の顔を、愛が覗き込んでくる。

「どうした、竹之内」

「いや、本当に僕は何もわかってなかったなと……」

溜め息を漏らした僕の横で、愛がやれやれ、といった顔になる。

「落ち込んでいる場合じゃないぞ。もしも僕の推理どおりだったとしたら、富士君の身の安全をなんとしてでも確保せねばならないというのが現況だ。彼を無事、救い出したあとにゆっくり落ち込むといい」

「……確かに……」

呑気に落ち込んでいる場合ではなかった、と反省し、そんな自分にまた落ち込みそうになったが、気力を振り絞り踏みとどまった。

「富士君は今、どこにいるんだろう」

一瞬言葉を選ぶように口を閉ざした愛が、沈痛な面持ちで呟く。

「……無事を祈るのみ……だな」

「…………」

殺されている可能性もある。敢えて考えないようにしていたが、あり得ないことではない。あり得ないどころか、ずっと姿を現さないところをみると可能性は高いのではないか。

ごく、と唾《つば》を飲み込んでしまっていた僕と愛を、助手席の三島が振り返る。

「愛さんがストッパーになっていると思うわよ。だって不気味だもの。黙りなんて。なぜ黙っているのか。何か感づいているんじゃないか……一人殺しても死刑にはならないことが多いけど、二人だとより可能性も出てくるし、下手に罪は重ねられないと思うんじゃない？　それこそ愛さんの狙いどおりに」

「実際、そうあってほしいと思うよ」

愛が微笑み、頷く。

「そうあるだろうよ」

運転席から杉下がそう言い、アクセルを踏み込む。

頼むから間に合ってくれ——口を閉ざしてはいたが、心では叫んでいるであろう愛の祈りの声が耳に届く気がする。それが決して錯覚ではないとわかるのは、フロントガラスの向こうを見つめる愛の瞳に強い光が宿っているからで、隣で僕も愛と同じく富士の無事を祈りながら、車が目的地に到着するのを今や遅しと待ち侘《わ》びていたのだった。

8

杉下の運転する車が西麻布の荻村の会社に到着する。

「行くぞ」

愛が車を降り、後続のマスコミ連中が車を降りるより前にエントランスの自動ドアを駆け込んでいった。僕も慌てて愛のあとを追う。

「あ、あの……っ」

突然現れた愛に、そしてあとを追って押し寄せようとするマスコミのカメラに、二人の若い受付嬢は動揺しまくり、立ち尽くしてしまっていた。

「社長とお会いしたい。いらっしゃいますか？」

そんな中、愛はいつもとまるで変わらぬ笑顔で二人に声をかけていたので、僕は思わず感心してしまった。

「社長は……ええと……」

より若い受付嬢が、おろおろする横で、先輩らしい彼女は自分を取り戻したようで、

「お約束ですか？」

と問うてきた。

「いえ。しかし至急でお会いしたいのです」

喧噪の中、一度は冷静さを取り戻した受付嬢ではあったが、愛の笑顔には舞い上がってしまったらしい。

「す、すみません。社長は先程急遽《きゆうきよ》外出となりまして……」

「どちらに？」

すかさず愛が問いかける。

「それがわからないんです。秘書も慌てていました。テレビのニュースを観ていたと思ったら急に社長室を飛び出していって、その後連絡が取れないと……」

「車ですか？」

「おそらく……」

首を傾げながらも頷いた受付嬢に、

「ありがとうございました」

と愛は礼を言ったが受付嬢は頭を下げ返すことも忘れたように、ぼうっとした顔で愛の顔を見つめていた。

「マズい。行くぞ、竹之内」

愛が焦った顔を僕へと向けてくる。

「ど、どこに？」

「捜すんだ、荻村を。警察の力を借りよう」

自動ドアからマスコミが入らないようガードしてくれていたのは、いつの間にか僕らに追いついていた斎藤や藤田ら、警察官だった。

「斎藤さん、荻村が姿を消した。おそらく、先程の僕のインタビューを観て」

「なんだと？」

斎藤の顔色がさっと変わる。

「自棄《やけ》を起こされる可能性がある。早急に行方を捜してください！　車だそうです」

「わかった」

斎藤が厳しい顔で頷き、藤田に指示を出す。

「本部に連絡。荻村の車を捜せ」

「わかりました！」

藤田がマスコミがずらりと並ぶ中へと飛び込んでいく。

「僕らも行こう」

愛に続いて僕も建物の外へと飛び出したが、途端にマスコミに取り囲まれてしまった。

「愛さん、ここは被害者の義理の弟の会社ですよね？」

「荻村社長が事件に関係しているんですか？」

「………」

愛は無言で記者やレポーターの間を縫うようにして器用に進んでいく。愛のすぐ背後を追うことで僕もなんとか前へと進んでいたが、押し寄せる人波にどうにもならなくなったとき、前方からその人波をかき分けてきた八重樫が、

「こっちだ」

と手を振ってきた。

「八重樫さん、助かった」

彼の先導で車に乗り込む。愛が感謝の言葉を告げると八重樫は「なんの」と軽く流すと、

「で？　どこに向かう？」

と問うてきた。

「銀昇会の動向は？」

愛が問い返すと、八重樫ではなく杉下が運転席から振り返り答えを返した。

「幸い、と言っていいと思うが、特にない。どうやら荻村は彼らの手を借りなかったよう

だな」

「自分の手を汚したと？　……まあ、後々のことを考えれば、ヤクザに弱みを握られるのはかなりリスキーだからな」

うん、と愛は一人頷いたあと、少し考えるように黙り込んだ。愛だけに任せるわけにはいかない、と僕も必死で考える。

愛がカメラの前で語った『冤罪を防ぐ』という言葉に反応し、会社を飛び出したのだとしたら、荻村の向かう先はどこだろう。

愛にはすべて見抜かれていると荻村は悟ったに違いない。だとしたら？

「…………」

一瞬、口を封じようとするのではと考えたが、マスコミを引き連れている愛をどうこうできるとは思うまい。

証拠はないとシラを切る？　しかしもし『証拠』が――証人がいたとすればどうだろう。

「……富士君は、生きているんじゃないか？」

僕の口から、その言葉が零れた。

「だとすれば空港、かな。羽田《はねだ》か、成田《なりた》か……」

愛もまた、富士が生きている可能性が大きいと思ったようだ。僕に頷き、呟くようにしてそう告げるとやにわにスマートフォンを取り出し、かけ始めた。

「斎藤さん、至急、航空会社に問い合わせてもらえませんか？ 荻村は海外逃亡を企《くわだ》てているんじゃないかと思う」

斎藤の声は聞こえなかった。が、電話はすぐ終わり、愛はスマートフォンをポケットに戻すと、身を乗り出し、杉下に行き先を指示した。

「羽田空港だろう。荻村はアジア各国に買い付けのため頻繁に渡航している。バンコク行きの飛行機が間もなく出るはずだ」

「わかった」

杉下がアクセルを踏み込み、車のスピードがあがる。と、愛のスマートフォンの着信音が車中に響き渡った。

「斎藤さんだ」

仕事が早いな、と愛が笑い応対に出る。

「はい……え？ あ、やはり羽田ですか。ありがとうございます」

斎藤との電話はまた、数秒のうちに終わった。

「Nシステムで荻村の車を発見したそうだ。行き先はやはり、羽田空港の見込みだそうだよ」

空港には連絡ずみだと言っていた、と愛が少し安堵した顔になる。

「荻村は斎藤さんに任せてよさそうだな。となると……」

と、愛は呟いたかと思うと、身を乗り出し杉下に声をかけた。

「杉下さん、すみません。行き先変更してもらっていいですか?」

「ああ、勿論。どこに行く?」

杉下がバックミラー越しに愛に問う。

「荻村の会社の契約している倉庫が晴海埠頭《はるみふとう》にあったはずだ。築地と晴海は近い。富士君はそこに監禁されている可能性が高い」

「わかった。晴海だな」

「竹之内、藤田君に連絡してくれ。空振りになるかもしれないが、晴海に警官を集めてほしいと」

「わかった」

頷く間も惜しんで僕はポケットからスマートフォンを取り出すと、藤田の番号を呼び出して愛の言葉を伝え、電話の向こうの藤田同様、緊張を高めたのだった。

羽田空港で荻村は身柄を拘束され、築地東署に連行された。彼がおとなしく警察に従ったその理由は、晴海にある彼の会社が契約していた倉庫内から、手足を縛られ猿轡《さるぐつわ》を嚙まされていた富士が発見されたためだった。

その後、富士は警察病院に運ばれ、回復を待って事情聴取を受けることとなっており、愛と僕は押し寄せるマスコミから逃れるために、自宅兼オフィスではなく、どこか身を隠せる場所に向かおうとしていたのだが、そのとき僕の携帯に藤田から連絡が入ったのだった。

『竹之内さん、申し訳ないんですが、愛さんを連れてきてもらえませんか？』

「愛を？」

どうして、と問うより前に藤田が答えを口にする。

『実は荻村が、愛キャスターと話がしたいと言い、それまでは一切供述しないと脅してきているんです。斎藤さんはカンカンで、希望を通すことはないと言ってるんですが……』

斎藤に隠れて電話をしている、と言う藤田に僕は「愛に聞いてみる」と言って一旦電話を切り、その旨を愛に伝えた。

「それなら築地東署に、被害者のお嬢さん、絵里花さんと、もし可能なら富士君も集めてもらえないかと伝えてもらえるか？」

愛は藤田の頼みを引き受けた上でそんな指示を出して寄越した。勝手に事件関係者を集めさせるとは、ますます斎藤の機嫌を損ねることになりそうだなとびくびくしながら愛に言われたとおりを藤田に伝えたところ、藤田は快諾してくれただけでなく、速攻で動いてくれ、それから一時間ほどして僕と愛はそれまで隠れさせてもらっていた杉下のアパートを出て、築地東署に向かったのだった。

「愛さん、こっちです」

築地東署の地下駐車場では、藤田が待ち侘びた様子で立っていた。大きく手を振って寄越した彼に、愛は車から降りると、

「集まった？」

と問いを発し、藤田が「はい」と頷くと、

「ありがとう」

と満足そうに微笑んだ。

「斎藤さんにはすぐにバレて大目玉をくらいましたが、最後には許可が下りました。まず、絵里花さんたちの話を聞きますか？　それともすぐに荻村と対面しますか？」

「話を聞くんじゃなくて、『する』んだ。絵里花さんと富士君にまずは話そうか」

できれば全員一緒がいいが、さすがに難しいだろうから、と愛が呟いたのはおそらく独り言だったのだが、藤田はそれに反応し、

「さすがに無理です」

と項垂れ、僕は彼を「今のは独り言だから」とフォローすることになった。

絵里花たちは三階の会議室で待っているとのことで、藤田と共に彼女と富士のもとへと向かう。

「愛キャスター！」

ドアを開き、愛が会議室に足を踏み入れると、絵里花は驚いたように目を見開いたあと、僕の姿も認め、

「と、刑事さん」

と呼びかけてきた。

「刑事？」

愛が僕を振り返る。

「そこはスルーで」

あとで説明するから、と僕は愛の背をつつき、早く絵里花と、隣で顔色悪く俯いていた富士と応対するよう促した。

「どうして愛キャスターがここに？」

頬《ほお》を赤く染めながらも、不思議そうに問いかけてきた絵里花に、愛が頭を下げる。

「まずはお父様のこと、心よりお悔やみ申し上げます」

「あ、どうも……」

絵里花は、はっとしたような顔になったあと、頭を下げ返したが、相変わらず父親の死については淡々としている印象を受けた。

顔を上げた途端、彼女が僕を見やり、問いを発してくる。

「叔父が逮捕されたと聞いたんですが、嘘ですよね？　叔父が父を殺すなんて、あり得ません。何かの間違いですよね？」

「あの……」

最後、ちらと藤田を見たのは、藤田からそう聞いていると言いたかったのだろう。

彼女は僕も警察官だと思っているからこそ、聞いたのだろうが、どう答えればいいのやら。困って口ごもる僕の横から、愛が一歩を踏み出し絵里花に向かい話し出す。

「間違いではありません。あなたのお父さん、清水野聖人さんを殺害したのは義理の弟の荻村さんです」

「……っ。どうしてそんな……」

愛に向かっては『嘘』と決めつけることはできなかったようで、訝しげにしながらも理由を問うてくる。

「お金です」

即答した愛の前で、絵里花が、そして富士が息を呑《の》む。二人を愛は順番にじっと見つめながら、説明をし始めたのだった。

「荻村さんの会社は倒産寸前でした。そのために荻村さんは、ホテル建設に際し好条件での売買をもちかけられている義理の兄、清水野さんの店を売り、そのお金を我がものにしようとしたのです」

「そんな……」

絵里花が呆然とした顔になる。が、すぐに彼女は我に返った様子になると、

「おかしいわ」

と愛に向かい疑問を喋り出した。

「父が亡くなったとして、店を相続するのは私のはずですよね？　兄弟って相続権、なかったはずですけど……」

「そのために荻村さんは、あなたの恋人、富士さんを犯人に仕立て上げようとしたのではないかと思われます。あなたに大きなショックを与え、まっとうな判断ができなくなるよ

うに」

「……っ」

愛の言葉を聞き、絵里花がまたも息を呑む。彼女の顔色はひどく悪く、今にも貧血《ひんけつ》を起こすのではというほどだった。

「大丈夫ですか？」

思わず声をかけた僕へと絵里花の視線が移る。

「ええ……いえ……あの叔父が……と、驚いてしまって……」

絵里花の瞳にはみるみるうちに涙が盛り上がってきた。

「……父のかわりに、学校行事は全部、叔父が来てくれていました。叔母と叔父とで、母を早くに亡くした私を本当に気遣ってくれて……父よりも、父らしいというか……私にとっては本当に、大切な……」

ここで嗚咽《おえつ》が込み上げてきたらしく、絵里花が声を詰まらせる。

「………………」

そんな彼女を前に僕は、なんともいえない気持ちに陥ってしまっていた。

亡くなったのは彼女の父親なのに、彼女が悲しんでいるのは父親の死よりも、叔父が罪を犯してしまったことに対してのように感じる。

なぜそうも父を軽んじるのか。軽んじている、というよりは憎んでさえいるようである。結婚を反対されたので一年間、会わなかったというが、それより前にも父娘の確執はあったことは彼女自身の口から聞いてはいるが。

仕事人間だった父。娘の孤独。超がつくほどの人気店のシェフであることと、父親であること、両立は難しいということなんだろうか。

それにしても、と、両手に顔を埋《うず》める絵里花を、彼女の肩を抱き慰める富士を見る僕の胸は、もやっとした思いが渦巻いていた。

「絵里花さん」

愛が絵里花に呼びかける。

「……はい……」

絵里花は返事をしたものの、涙がとまらないようで顔は伏せたままだった。

「清水野さんが……お父様が癌《がん》に侵されていたことに、気づいていらっしゃいましたか？」

「……え？」

絵里花は相当驚いたようだ。涙に濡《ぬ》れた顔を上げ、愛を見る。

驚いたのは僕も同じだった。が、本当に驚くのはこれからだった。

「余命宣告を受けていました。あと三カ月の命だと」

「……うそ……」

絵里花は今や呆然としていた。隣で佇《たたず》む富士は知っていたのか、痛ましげな表情となり項垂れている。

「自分が厨房《ちゆうぼう》に立てる間は、店を売る気はない。清水野さんは理由も仰《おつしや》っていました。絵里花さん、なぜだと思いますか？」

「……自分の誇りだとか……人生そのものだとか……そういったこと……？」

呆然としたまま、絵里花が答える。酷く掠《かす》れ、そして震える声を聞いたあとに、愛はゆっくりと首を横に振ってみせた。

「清水野さんはこう仰ってました。あの店は亡くなった妻が愛した店、妻との大切な思い出が詰まった店だ。自分が生きているかぎりは売りたくはない。だが、自分が死んだあとには娘の好きにしてもらっていい。自分のかわりに父親役を買って出てくれていた妻の弟と相談し、決めるといい。義弟は相当金銭的に切羽詰まっているようだったから、娘が助けたいと思うのならそうすればいいと。自分が死んだあとはあの店は娘のものだから。娘と——自分が鍛え上げた弟子、二人で決めてくれていい、と」

「父は……許してくれていたというの……？」

絵里花の瞳が、またもみるみるうちに潤んでくる。

「最初から許していたのだと思いますよ。娘が人生を託すのに選んだ相手と、自分が店を託そうと選んだ相手が皮肉にも同じ男だったと笑ってらっしゃいましたから。娘の結婚相手だからではなく、万人に実力で後継者になったと認められるまでは、結婚を許す気もないし、より厳しく指導するようにした。自分の命があるうちに、と焦っていたこともあって、随分と厳しい指導になった。しかし富士は少しもくさることなく、しっかりとついてきてくれた。自分の目も娘の目も確かだったということだと、それは嬉しそうにしてらっしゃいましたから」

「そんな……そんな……」

絵里花の瞳には次々と涙が盛り上がり、頬を伝い流れ落ちる。

「絵里花……」

そんな彼女を励まし、慰める富士の目にも涙が光っていた。

「お父さん……ごめんなさい。私……わたし、何もわかっていなかった……」

「絵里花、おやっさんはきっとわかってたよ。絵里花のこと、本当に大切に思っているのが伝わってきていたから」

「……康正…………」

絵里花が富士の胸に顔を埋め、泣きじゃくる。

「一昨日、おやっさんに言われたんだ。店と絵里花を頼むと……そのとき病気のことも聞いた。絵里花には言わないでほしいと頼まれたけど、俺は言うつもりだった。絵里花はただ寂しがっていただけだとわかってたから……おやっさんのこと、本当は大好きだって、ちゃんとわかっていたから。きっとおやっさんもそれは、わかっていたと思うから……」

「う……っ……うぅ……っ……」

しっかりと絵里花の背を抱き締め、訴える富士の目からも滝のような涙が溢れている。聞いている僕の胸も熱く滾《たぎ》り、目の奥に涙が込み上げてきてしまっていた。

と、背中を小突かれ隣の愛を見る。

「…………」

泣くなよ、と苦笑され、頬に血が上ったが、愛の目も潤んでいることを見逃しはしなかった。

絵里花の誤解は解けた。しかし、できることなら父親が生きているうちに思いを知らせてあげたかった。

一年も会わなかったことを彼女は今、後悔なんて言葉では足りないほど、悔いているに違いないから。

お互い、話し合えばよかった。いくら親子であっても、互いの胸の内は告げないかぎりは正確に理解できるものではない。

娘が父に、ずっと寂しい思いをしてきたと伝えていれば。父が娘に店への思いを伝えていれば。擦れ違うことなどなく、お互いの思いを受け入れていたに違いないのだ。

それがわかっているのに、死が二人を分かってしまった今となってはもう、何も伝えることができない。なんて残酷な事実だ。どれほど悔やもうとも、どれほど泣こうとも、ときが戻らないのは辛すぎる。

やはり込み上げてきてしまう涙を堪えながら僕は今更のように、言葉で伝えることの大切さを思い知っていたのだった。


絵里花が泣きやむのを待ち、憔悴《しょうすい》した彼女を別室で休ませてから、僕らは富士から当日の状況を聞くこととなった。

本来であれば警察官でもなんでもない愛や僕の同席が許されるはずもないのだが、敢えてか忘れているのか、斎藤が僕らに退出を求めなかったのだ。

「荻村さんから、あの日は夜の十二時に店に来るようにと呼び出されたんです。おやっさんと大切な話をする、君は後継者だそうだから同席してほしいと……」

それで約束の時間に店に行ったところ、清水野が床に倒れているのを見て、仰天して飛び出したという。

「抱き起こすとおやっさんはもう、事切れていました。胸に刺さっていた包丁が自分のものだとわかって、もう何がなんだかわからなくなってしまって……。近くに荻村さんがいるはずだと、通報もせずに店を飛び出してしまったんですが、路地を曲がったところでいきなり誰かに腕を掴まれ……」

スタンガンを押し当てられ、衝撃から意識を失ったあとにはずっと目隠しをされ、手足を拘束された状態で転がされていたという。

「人気《ひとけ》のない場所で、自分がどこにいるのかまったくわかりませんでした。殺されるに違いないと恐れてはいたんですが、誰に、ということも、どうして、ということもわかりませんでした。まさか荻村さんがおやっさんを殺し、その罪を僕に着せようとしていただなんて……」

未だに信じられません、と富士は溜め息を漏らし、首を横に振った。

「絵里花からも、どれだけ荻村さんと奥さんにはよくしてもらったかを聞いていましたし、たまに顔を合わせると、調子はどうだと気安く声をかけてくれました。おやっさんとも仲がいいのかとばかり思っていました。おやっさんは無愛想だけど、荻村さんには心を許しているように見えましたし、荻村さんだって……」

「それだけに、自分が本当に困っているときに手を差し伸べてくれないと、誤解してしまったのかもしれませんね」

と、ここで愛が静かな口調で言葉を発した。

「……っ」

斎藤が、じろ、と愛を見たが、制止する素振りは見せない。

「愛さん……」

富士は愛へと視線を向けると、当惑したような顔で問いを発してきた。

「愛さんは何を知っているんです？　俺が殺されずにすんだのは愛さんのおかげだったと刑事さんから聞きました。愛さんはおやっさんから何を聞いていたんです？」

「清水野さんからは、店が不当な地上げに遭わないよう、その牽制のために店の現状を報道してほしいという要請がありました。清水野さんはおそらく、荻村さんが裏で暴力団と手を結んでいることに気づいていたのではないかと思います。しかし清水野さんは荻村さんがそこまで切羽詰まっていることには気づいておらず、荻村さんが利用されていると思っていた節があります。荻村さんの目を覚まさせるためにも、地上げには負けないという姿を世間に知らせた上で、荻村さんには三カ月待ってほしいと頼むつもりだったんでしょう」

「……そう……だったんですか」

俯く富士に愛の言葉は続く。

「後継者はしっかり育っているから、店は安泰だと、清水野さんは言ってましたよ。ただ、店の今後は若い二人に任せたいと。富士さんは大柄で、今の厨房も使い勝手が悪そうだから改築すればいいし、もし土地を売却した場合はホテル内に店舗を作ってもらえるということだったので、新しく自分の店として再出発させてもいいだろうと。そこはもう、自分の口を出すところではない、と、少し寂しそうではありましたが、それ以上に嬉しそうに語っていらっしゃいました」

「……そう……ですか……」

富士が拳で目を何度も擦る。

「おやっさんの大切な店を……俺なんかに……」

「『俺なんか』などと言ったら、清水野さんに怒られますよ。自信を持てといつも言われていたんでしょう？」

愛が富士の顔を覗き込み、にっこり笑ってそう告げる。

「……そんなことまで……」

顔を上げた富士の目は真っ赤だった。照れたように笑うその瞳から一筋、涙が流れる。

「……ありがとうございます。本当に……」

深く頭を下げる富士に対し、愛はそれ以上、何も言わなかった。

店のことはどうするのか。聞いてみたい気もしたが、そこは踏み込むべきところではないと思ったのだろう。

もし、愛が偶然、現場に居合わせなかったら彼の命は失われていたかもしれない。こうして悲しみだけではない涙を流すこともなかったのだ、と思うと、なんともいえない気持ちが募り、僕は思わず隣の愛の腕を摑んでしまった。

「……？」

愛が不思議そうに僕を見返す。

「…………」

さすが、愛だ。賞賛の言葉を告げたかったが、ここは相応《ふさわ》しい場ではないとわかっていたので堪える。

でも気持ちだけは伝えたい、と愛の腕を握る手に力を込めると、愛はやれやれ、というような顔になりながらも、ありがとう、というように微笑み、頷いてくれたのだった。

9

『……というわけで、ここまでは築地の人気レストラン「ボン・ニュイ」のオーナーシェフ、清水野聖人さん殺害事件の特集でした』

画面の中、愛の表情は心持ち暗い。

『それにしても本当にびっくりしましたよ。いっとき、愛さんが容疑者のように報道されていませんでしたか?』

隣で解説のおじいちゃん、もと大学教授の進藤《しんどう》が心配そうに問いかけている。

『皆さんにはご心配をおかけし、申し訳ありませんでした』

そのことについて愛は謝罪をしたものの、詳しいことを説明する気はないようで、

『誤解が生んだ辛い事件でした』

と締めくくろうとする。

『余命三カ月だとわかっていれば……というのもなんですが、荻村は犯行を踏みとどまったでしょうからねえ』

進藤も溜め息交じりにそう言うと、いやはや、と首を横に振ったあとに、そういえば、と言葉を続ける。

『ホテルの建設はこの事件をきっかけに、見直されることになったとか』

『一部で無理な地上げが行われつつあったことがわかり、計画自体を再度見直すことが決定したとのことです。ちなみに「ボン・ニュイ」は店舗をリニューアルし、継続するつもりであると新しいオーナーから聞いています』

ようやくここで愛の表情が晴れ晴れとしたものになった。

『オーナーから後継者として指名された若者だそうですね』

『ええ。当面、他のスタッフの皆さんも、新オーナーを守立てるため店に残ると聞いています。それだけ店の人たちの店に対する――そして亡くなったオーナーに対する思いが強いということでしょうね』

愛がそう言ったところで、そろそろ番組が終わる時間となった。

『それでは今夜はこの辺で。また来週、お会いしましょう。皆さん、よい週末を』

決め台詞を告げ、愛が頭を下げる。カメラは引きとなり、進藤と、一部でマニアックな人気を誇るお天気おじいちゃん佃《つくだ》の姿を映したところで、画面はＣＭに切り替わった。

「…………」

プチ、とテレビのスイッチをリモコンで切る僕の口から、溜め息が漏れる。

今日の番組は、いつもどおりに始まりいつもどおりに終わった。最初、番組冒頭で愛が謝罪をするという案が局側から提示されたということだったが、池田が突っぱねてくれたのだ。

何一つ悪いことはしていないのだから、謝罪の必要はない。胸を張っていればいいという池田の言葉は、謝罪をすればあたかも『非を認める』といった状態となり、愛の印象が悪くなることを案じてくれたからのようだった。

「しかし世間を騒がせましたしね」

愛はその点は反省していたのだが、謝罪することで今回の件の詳細の発表を求められることにでもなれば、関係者に――被害者の家族や、あらゆることに対して寛容な措置《そち》をとってくれた警察に対しても迷惑をかけることになるとわかっていたため、池田の厚意を受け入れることにしたようだった。

『ようだった』というのは、実はまだ愛とはちゃんと話せていないのだ。事件が解決したのが昨日、今日の放映のために『チーム愛』出動のもと、レストラン『ボン・ニュイ』は勿論のこと、荻村の会社や不動産業者、地上げを行っていたといわれる暴力団など、取材を重ね、放映の三十分前にようやく編集が終わった、という状態だった。

短時間では手分けをするしかなく、僕は面識のある店の人たちを――しっかり『刑事じゃなかったのか』と責められたけれども――愛が荻村側の取材を進め、なんとか放映に漕ぎ着けたというわけだった。

多忙さが、僕と愛の関係をすっかりもとに戻していた。このまま、すべてを『なかったこと』として流すことも考えたが、やはり愛とは話し合う必要がある、と僕が思ったのは、今回の事件の被害者、清水野と娘の絵里花、そして義弟の荻村との気持ちの擦れ違いを目の当たりにしたからだった。

警察の会議室で、絵里花と富士との面談を終えたあと、愛は取調室で彼を待つ荻村と対面した。清水野の余命のことや、三カ月後には店を売ってもいいと言っていたことを伝えると、荻村はその場で真っ青になり、やがて叫び出した。

「うそだ！　うそだ！　うそだー!!」

すっかり興奮してしまった荻村は暴れ出しかねなかったため、愛はすぐさま部屋の外へと出され、隣の部屋で待っていた僕のもとへと戻ってきた。

刑事ドラマでよく見るように、そこの壁はマジックミラーとなっており、取調室の中を見ることができるし、マイクのおかげで音声も聞くことができた。愛と僕が見守る中、落ち着きを取り戻した荻村は涙ながらに、犯行の一部始終を自白した。

概《おお》ね、愛の推理どおりだったが、義兄への憎しみを募らせたのは資金繰りの相談に行ったときに、娘を巻き込まないでほしいと頼まれたから、ということだった。

「どの面《つら》を下げて、と思いました。絵里花を育ててきたのは我々夫婦だ。我々夫婦には子供がいないこともあって、実の娘のように育ててきたのを、まるで金目当てのように言われ、頭にカッと血が上ってしまったんです」

実際は娘に、叔父である彼を助けてやってほしいと言うつもりであったという言葉を思い出したのか、またも荻村は慟哭《どうこく》し、取り調べが続けられない状態となったほどだった。

荻村が服役中、彼の妻の面倒は絵里花と富士で見るという話だったが、放映ではその部分はカットした。店の再スタートにあたり、下手に他の部分に注目が集まっては気の毒だという愛の配慮で、絵里花からは非常に感謝されたという。

今夜、画面の中の愛は、いつもよりも少し窶《やつ》れているように見えた。実際、顔を合わせているとあまり感じなかったが、相当疲れているのではないかと思う。

考えてみれば当然だ。一昨日昨日の彼の睡眠時間はほぼゼロなのだ。メイクでも誤魔化しきれない隈《くま》の浮いた顔を思い出し、やはり今夜はまず寝てもらったほうがいいかも、と考えるも、それが単なる逃避のような気もして、僕は暫《しば》しその場に立ち尽くしていた。

しかしすぐに我に返り、せめて愛の気持ちが少しでも和《やわ》らぐように、と彼の好物を揃えることにする。

まずはおかえりなさいのビール。そしてつまみ。愛が気に入っていた黒豚味噌をつけて食べるよう、きゅうりでスティックを作る。

今日の気分は日本酒かワインか。焼酎《しょうちゅう》という選択肢もあった。池田がこの間『これは美味《うま》いぞ』と持ってきてくれた芋《いも》焼酎。あれを用意しておこうか。

愛はいつもロックだった。氷は充分ある。料理は他に何を用意しよう。冷蔵庫の中を思い起こしたが、とても、これが愛の好物だというものが思いつかない。まだ愛が帰ってくるまで間があるだろうから、何か出来合いのものを買ってこよう。

財布を手にマンションを飛び出す。愛への労《いたわ》りは忘れないでいようと思うが、できれば今夜のうちに彼と話をしたいという願いを堪えることはできなかった。お互い、わだかまりを残さないためにも、胸の奥底まで明かし合うことが必要だと思うから。

思えば今まで、愛と腹を割って話そうと、改めて思ったことはなかった。それは何も、表面上うまくやっていけばいいなどと思っていたわけではなく、何も言わずとも相手の考えていることはなんとなくわかるという思い込みの上に培《つちか》われた関係であることに、気づいていなかったというだけだった。

僕は愛には大恩がある。とはいえ、だからといって言いたいことを我慢して付き合うのは僕も嫌だし愛も嫌だと思うのではないか。

対等な関係。それが理想だと思っているのは僕だけではないはずだ。そのためにも腹に何も溜めず、百パーセント本心だ、と言えるように互いの心をさらけ出す場を持つことにしたい。

その『場』を僕は今夜だと思った。それで近所のデリまで走り、愛が好きそうなアボカドとエビのサラダだの、インドネシア風焼き鳥のサテなどを買い込み、あらゆる種類のお酒の準備を整えて帰宅を待ったが、今夜にかぎって愛は、番組終了後、二時間以上経っても帰ってこなかった。

毎週の帰宅は、早いときで午前一時頃、遅いときで二時すぎになるが、時計の針は間もなく三時を回ろうとしているのに、一向にインターホンが鳴る気配がない。

どこかで倒れているんじゃないか。次第に心配になってきて、携帯に連絡を入れてみようかと思っていたちょうどそのとき、インターホンが鳴り響き、僕をほっとさせた。

「はい」

画面を見るとそこには愛と、彼に肩を抱かれた池田と思しき男の姿があった。最早意識がないようで、俯いているためはっきり認識できなかったのだ。

『遅い時間に悪い。開けてくれ。見てのとおりポケットから鍵を取り出すのも困難なもので』

「……わかった」

まさかの午前様。まさかのお持ち帰り——って、単に酔い潰れた池田を連れて帰ってきただけだけど。

今までもこんなことはなかったわけじゃないけど、『よくある』ってほどではない。よりにもよって今日、その日に当たらなくてもと、ブツブツ言いながらも僕は二回目のオートロックを解除し、玄関へと向かった。

夜中だからエレベーターは貸切状態だったのか、思ったより早いタイミングでドアチャイムが鳴る。

「おかえり」

ドアを開き、愛と愛に支えられた池田を中へと入れる。むっとするほどのアルコールの匂いに、つい、顔を顰《しか》めてしまった。

が、愛の足下もよろけているのを見て、手を貸さねば、と池田を反対側から支える。

「うー」

池田は呻《うめ》きはしたが、意識は殆《ほとん》どないようだった。

「リビングのソファに寝かせよう。吐いたりすることはないと思う」

愛の呂律《ろれつ》も少し怪しかった。だが意識のほうはしっかりしているようだ。

「わかった」

返事をし、二人がかりで池田をソファに運び、そっと寝かせる。

「うー」

池田は一度呻いただけで、すぐに鼾《いびき》をかき始めてしまった。

「水……はいいか」

やれやれ、と愛が溜め息をつく。

「水？」

本人が欲しいのかと思って聞いた僕は、愛のシャツについている口紅に気づき、驚きの声を上げてしまった。

「どうした？　なんかすごいぞ？」

シャツの襟《えり》だけでなく、よく見るとスーツにはファンデーションが、更によく見ると酔いで紅《あか》くなった頬にも、口紅を拭《ぬぐ》ったような跡がある。

「詫びも兼ねて今夜はとことん池田さんに付き合ったのさ」

肩を竦めてみせた愛は、かなり怠《だる》そうに見えた。

「水、持ってくるから」

座ってろ、とリビングダイニングに彼を残し、冷蔵庫にミネラルウォーターを取りに行く。

「悪い。色々用意してくれてたんだな」

愛は大人しく椅子に座っていたが、ダイニングテーブルの上に並んでいたラップのかかった料理を見て、申し訳なさそうな顔になった。

「すまない」

「いや、いいよ。勝手にやっただけだから」

頭を下げる仕草も、酔っ払い特有のオーバーアクションになっている。

「今日は遅くなると連絡を入れるべきだった」

言っていることはしっかりしているが、とにかく呂律が回ってない。

「いいからほら、水」

こんなに泥酔《でいすい》した愛を見るのは初めてかもしれない。次第に可笑《おか》しくなってきて、僕はつい、笑ってしまった。

「笑うなよ」

ごくごくとペットボトルの水を飲み干した愛が、口を手の甲《こう》で拭いながら上目遣いに僕を睨んでくる。

「ごめん。レアなもの見たと思って」

ちら、と再び愛の、口紅のついたシャツを見る。今愛は上着を脱いでいて、彼の胸のあたりにも別の色の口紅がついているのが見てとれた。

「…………落ちるよな？」

僕の視線を追って愛は自分のシャツの胸を見たあと、やれやれ、というように溜め息を漏らし、ぐしゃ、と空のペットボトルを手の中で潰した。

「もう一本、飲む？」

口紅は多分、クリーニングで落ちる。しかし、万一のことを考えて家で落としてからクリーニングに出すことにしようか。

愛のシャツに口紅がついていたなんて、外部に漏れたら結構なニュースになりそうだ。写真を撮られ、SNSにでも載せられたら週刊誌が騒ぐに違いない。

確か、口紅を落とすにはどうすればいいとか、この間テレビで観た気がする。どうするんだっけな、と考えながら僕は愛に向かい、空のペットボトルを受け取ろうと手を伸ばしたのだが、愛はその手を見たあとに、視線を僕の顔へと向け暫し口を閉ざした。

「…………」

無言で見つめ合うこと十秒くらいか。

「ええと?」

なんだ、と問いかけた僕の声と、愛の声が重なる。

「悪かった。本当に申し訳ない」

「え?」

唐突な謝罪に驚き、声を上げた僕の前で、愛が深く頭を下げる。

「ちょっ、ちょっと待って。事件のことならもういいんだ。愛が何を考えて口を閉ざしていたかは説明してもらったし」

忘れてしまったのか? それとも今までさんざん、池田に責められてでもいたんだろうか。僕は責めちゃいないのに、酔って混乱しているとか?

慌てて謝罪を退けようとした僕の前で愛が顔を上げる。

「いや、違う。君の初単行本の帯のことだ」

「あ……」

愛の顔は相変わらず紅く、吐く息は相変わらず酒臭かった。が、彼の目には真摯な光が宿っていて、その光はしっかりとした愛本人の意思を感じさせた。

「……水は自分でとってくる。竹之内はちょっと座ってくれ」

言いながら愛が立ち上がる。足下が覚束ないので、やはり僕が、と声をかけようとすると、愛に制されてしまった。

「頼むから座っていてくれ」

「あ、うん……」

意地になっているのも多分、酔っているからだろう。いつものダイニングの椅子に座りながら僕は、愛もまた今夜、この間の諍《いさか》いのカタをつけようとしてくれているのが嬉しくて、思わず微笑んでしまっていた。

「ほら」

愛は自分には水を、僕には缶ビールを冷蔵庫から運んできた。

「ありがとう」

一人素面《しらふ》でいるのもな、と思ったし、愛の厚意を無にするのも悪いかとも思ったので、遠慮なくプルタブを上げる。

「うわ」

持ってくるとき、わざとじゃないけどよろけたせいで缶が多少振られたんだろう。プシュ、とビールが少し溢れる。

「何をしてるんだ」

愛が呆れた声を上げるのに、誰のせいだよ、と言い返そうとし、彼を見る。

「乾杯」

と、愛は僕の視線を摑まえると、ペットボトルを差し出してきた。

「ああ。乾杯」

僕もまた、缶ビールを差し出す。

「…………」

そのまま愛はペットボトルを口元へと持っていく。僕も缶ビールを飲みながら、まずは僕も詫びる必要があるよな、と考え、すぐに缶をテーブルに下ろした。

「僕も……」

「帯については、悪かった」

謝罪しようとした言葉が、愛の、酔っているせいか少し大きくなっている声にかき消される。愛もまたペットボトルをテーブルに置くと、髪をかき上げて少し考える素振りをしてから、喋り始めた。

「間違ったことを言ってはいない。今、出版不況であり、単行本を出すことがどれだけ大変なことかというのもよくわかっていた。それを実現する君は凄《すご》いと思うし、応援もしたいと思った。その気持ちが先走ってしまったんだ」

愛はここまで言うと、再び髪をかき上げ、言葉を探すようにして黙る。

「…………」

少しも僕は『凄く』ない。しかし単行本が出してもらえるのは嬉しかった。自分の本が出版されるというのは夢だった。作家としてようやく、一人前になれたと自分でも思うことができた。

だが僕は本が出るというのがどういう意味を持つことか、まるでわかっちゃいなかった。出版社もボランティアで僕の本を出すわけではない。単行本が出るのが『夢』だったのは、なかなか出ないからであり、なぜなかなか出ないかというと、出したところでペイしなければ出版社が出してくれるわけがないからだ。

自費出版とは違うのだ。採算が合わなければもう次はない。そんな『当たり前』から、僕は目を逸らしていた。いや、本当の意味で理解していなかった、というのが正しいか。

それを愛に指摘され、頭に血が上ってしまったのだ。あのとき自分が愛に言った言葉を思い返すだに恥ずかしさで悶絶《もんぜつ》しそうになる。

『売れなくてもいい』

いいわけがない。売れなければせっかく本を出してくれようとした出版社に、何より企画を通してくれた担当の佐藤に迷惑がかかる。

一冊目の売上が芳《かんば》しくなければ、二冊目を出すハードルは更に上がるだろう。それがわかっているからこそ、愛が応援を申し出てくれたのに僕はつまらない面子《めんつ》を気にして断ろうとした。

馬鹿だったと思う。それをそのまま詫びたい、と愛が再び口を開くより前に、と僕は彼の前で頭を下げた。

「僕こそ、悪かった。愛の言うことは正論だとわかっているのに、意地を張ってしまった。愛の言うとおりだ。売れなくていい、なんて言うべきじゃない。出版不況の中、単行本を出してくれようとしている佐藤さんにも出版社にも、迷惑となるんだから、と愛に指摘されるまで気づかなかった自分が本当に情けない。気づかせてくれてありがとう。こんな馬鹿、相手にできないと見捨てられてもおかしくないのに……あ」

謝罪しながら僕は、もしかして、と気づいて言葉を途切れさせてしまった。

「え？」

唐突に黙り込んだ僕の前で、愛が少し驚いたように目を見開く。

「……相手にしていられない、と思ったから、謝ってくれたのか？」

馬鹿を怒っても無駄だ。自分が折れれば機嫌も直るだろう。そう思っての謝罪なのか、と問うた僕の前で、愛が心底呆れた顔になる。

「君は僕をそんなに性格の悪い男だと思っていたのか」

「性格悪いとは思ってないよ。どちらかというと……」

気遣いをしてくれる『いい人』とは思ったが、と続けようとした僕の前で愛は深く溜め息を漏らすと、

「あのな」

ずい、と身を乗り出し、紅潮した顔でまくし立ててきた。

「謝ったのは別に君の機嫌を取りたかったわけじゃない。間違ったことを言ったとは思わないが、君の意向を無視したことは悪かったと反省したからこその謝罪だった。君が僕に帯を頼みたくないという理由を聞くより前に、意地を張っていると決めつけてしまった。そもそも、理由はどうあれ、君が僕に頼みたくないというものを、書くと言うことこそ、失礼極まりない言動だった。いかにも『書いてやる』といった僕の姿勢に君がむっとしたのは当然だ。『書かせてください』ならまだしも。それを謝罪した上で、君の考えを聞こうと思った。今夜はとことん、お互いの考えていることをぶちまけあおうと思っていたんだ……池田さんに、声をかけられる前までは……」

それまでほぼ『怒鳴る』といっていいほどの大きさだった愛の声が、ここでトーンダウンする。

「池田さんには今回、本当に迷惑をかけたから、今夜は付き合えと言われたところ、すべ

てに付き合うと決めたんだ。おかげでこんな時間になってしまった上に、不本意な店で不本意な行動を取らざるを得なくなったが……」

「……不本意な行動って、まさか……」

シャツの襟や胸に口紅がつくような状態とは、と想像しかけた僕に、愛が焦った様子で言葉を足す。

「おかしなこと、想像するなよ？　公序良俗に反することはしていないぞ。ショーパブのステージに上がらされただけだ。池田さんと一緒にラインダンスに参加した」

「……っ。それは……っ」

僕が想像していたよりも余程、『おかしな』ことだ、と思わず噴き出した僕を愛が、ぎろ、と睨んだあとに、

「ともかく」

と話を戻す。

「僕は君を応援したい。だが、応援というのは押しつけてするものではなかったという当たり前のことを忘れていた。君の気持ちを尊重するよ。僕の名前につられて本を手に取ってもらっても嬉しくないというのなら、帯の話は断る。だが一つだけ言わせてくれ」

ここで愛は両手でテーブルを叩くようにして勢いをつけ姿勢を正した。

「うお……っ」

 リビングのソファで池田がその音に一瞬、驚いた声を上げたが、目覚めるまでにはいたらなかったようで、また、鼾をかき始める。

テーブルを叩く音には僕も驚かされたが、それより目の前の愛に、真っ直ぐに目を見つめられ、あまりに強い光に射貫かれたせいで視線を逸らすどころか、声まで発せなくなった。

「たとえ僕の推薦文がきっかけだったとしても、君の本を手に取った読者は必ず、君の本に夢中になる。満足する。僕はそう信じているからこそ、帯の依頼を引き受けたんだ。僕が君のファンを増やす一助になれれば嬉しいと。それだけはわかってほしい」

「…………それは…………」

愛の言葉が世辞でもなければ嘘でもないということは、この上なく真剣な彼の眼差《まなざ》しからも口調からもよくわかった。

自然と胸が熱くなり、恥ずかしいことに涙が込み上げてきてしまう。

そんなふうに愛が思ってくれていたなんて、嬉しすぎた。愛は前から僕の『ファン』だと言ってくれていたが、どうしても信じることができずにいたのだ。

気を遣って言ってくれているに違いない。それが愛の優しさだと本気にしていなかったのに、今の愛の言葉を聞くと、彼が心底、僕の作品を買ってくれているのがわかり、こうも幸せなことがあっていいのか、と胸が詰まる。

「買いかぶりだよ」

本気で嬉しい、と言いたいが、果たして自分の作品にその価値があるのかとなると、自信を持って『ある』と言えない自分が情けない。

謙遜したわけではなく、本心から僕は愛に『買いかぶり』と告げたのだが、愛はそれを聞いてがっかりした顔になった。

「信じろよ」

「信じてるよ。嬉しくて泣きそうだよ。でも、自信がないんだよ」

手を抜いたこともなければ、常に、どうすれば楽しんでもらえるかを考えに考えに考え抜いてはいる。

努力はしているが、いくら努力したところで成果として表れなければ意味はない。果たして僕の努力は成果を生んでいるのか、それに対して自信を持つことができないのだ、と続けようとした僕に愛が強い語調で言い放つ。

「大丈夫だ。自信を持て。君は僕が見込んだ男だ。それじゃ自信に繋がらないか？」

「……愛……」

僕の呼びかけに、愛はニッと笑ってから——そのままテーブルに突っ伏してしまった。

「愛？」

うそだろ、と思う間もなく、安らかな寝息が聞こえてくる。

「………」

この間の諍いを『なかったこと』にはせず、今夜、胸の内をさらけ出し合おう、と考えていたのは僕だけじゃなかった。

愛もまたそのつもりでいたが、大恩のある池田の誘いを断ることができず、午前三時まで飲まされ、付き合わされた。

さぞ眠かっただろうに、それでも僕との間のわだかまりをなくそうとして話し合おうとしてくれた。その心意気が嬉しいじゃないか、と僕は立ち上がり、テーブルを回り込んで愛のすぐ横に立った。

「愛、こんなところで寝ちゃ、風邪をひくよ」

揺すり起こそうとしても、「うー」と唸るばかりで、一向に目覚める気配がない。

「もう、知らないぞ」

ぽん、と彼の頭を叩いた僕の声は、自分でも照れくさいくらいに掠れていた。

自信を持て、そう言ってくれた愛の言葉が嬉しすぎて、さっきから僕の目からは涙が零れ続けていたのだ。

明日、改めてお礼を言おう。そして改めて頼もう。是非、僕の初単行本の帯を書いてほしい、と。

「…………」

ありがとう。本当に。心の中で僕は愛に礼を言うと、テーブルにうつ伏せとなり眠り込む彼の頭をぽん、と再び叩き、風邪をひくことのないよう、何か肩からかけてやるものを取りに愛の部屋へと向かったのだった。

後日談

「ごちそうさまでした。美味《おい》しかったです」

わざわざテーブルまで挨拶《あいさつ》に来てくれた、この店の新しいシェフ、富士《ふじ》に愛《あい》が笑顔を向けた。

「ああ、よかった。愛さんに美味しいと仰《おつしや》っていただけてほっとしました」

富士は言葉どおり、心底安堵《あんど》した顔となると、改めて愛に向かい、深く頭を下げる。

「本当に何から何まで、ありがとうございました。こうして無事に開店の日を迎えることができるのもすべて、愛さんのおかげです」

「いえ、すべて富士さんの努力の賜《たまもの》ですよ」

愛がにこやかに笑い、頭を上げてください、とシェフに声をかける。

今夜、愛と僕は築地《つきじ》の人気レストラン『ボン・ニュイ』がリニューアルオープンするその前日、新しいオーナーとなる清水野絵里花《しみずのえりか》と彼女の婚約者、富士にプレオープン記念の食事会に招待され、こうしてやってきたというわけだった。

「料理のほうは自信をもって提供できるんですけど、店の内装とかどうでしょう。父の時代からあまり変えたくはなかったのですけど、何せ殺人事件の現場となっているだけに、そのままというわけにもいかなくて……」

富士の後ろから、黒のロングスカートを穿《は》いた絵里花が自信なさげに問うてくる。彼女は勤務していた旅行代理店を辞め、父の――否《いな》、両親の遺したこの店を富士と二人して営んでいく道を選んだとのことだった。

他の常連客を午後六時に招き、彼らが帰ったあと、愛と僕、二人貸切状態での食事となったのだが、それは愛が有名人だからという店側の配慮だった。誰に騒がれることもないので是非来てほしい、せめてもの恩返しがしたいという絵里花からの招待を愛は快諾しただけでなく、『オフィス・A・1』の名で開店祝いの豪華なスタンド花を贈っていた。

「それに私も。店には殆《ほとん》ど顔を出したことがなかったのが悔やまれます。常連のお客様の顔もわからず、失礼をしてしまうのではないかと不安で……」

俯《うつむ》く絵里花に愛は、

「大丈夫ですよ」

と優しく微笑《ほほえ》み、頷《うなず》いてみせる。

「これから馴染《なじ》んでいけばいいだけです。皆、温かかったでしょう？」

「……はい。申し訳ないくらいに、皆さん、温かく接してくださいました」

絵里花は少し、泣きそうな顔になっていた。

「父がどれだけ常連の皆さんに好かれていたかが、よくわかりました」

「おやっさんは口数少なかったけど、人柄のよさが態度に表れてたっていうか……お客さんのこと、よく見てましたからねえ」

と、厨房《ちゆうぼう》から出てきた山本《やまもと》が、なあ、と富士に笑いかける。

「そうなんですよ。前の日飲み過ぎた人には胃に優しい仕様にしたり、あと、落ち込んでる人には可愛《かわい》いデザート出したり……なんでわかるのかって聞いたことあるんですけど、答えは一言で」

苦笑する富士の横で、山本がその『答え』を笑いながら口にする。

「『見ればわかる』――しかしいくら見てもおやっさんのようにドンピシャ、というわけにはいかないよな」

「山本さんはできてますよ。俺はまったくわからないです」

項垂《うなだ》れる富士に、声をかけたのは愛だった。

「そっちも『慣れ』ですよ。経験を積めばそのうちに、でしょう」

「愛さんの仰るとおりだ。俺だってお前くらいの歳《とし》のときには、まるでわかっちゃいなかったさ」

「……頑張ります」

決意を新たにしている富士の横で、絵里花もまた、

「頑張ります」

と頷いている。

やる気に燃える若いカップルはキラキラと輝いて見えた。彼らだからこそ出せる店の雰囲気というのもあるだろうし、きっと変わらぬ人気を誇るんだろうな、と微笑ましく二人を見つめていた僕は、不意に山本に声をかけられ、我に返った。

「あの、竹之内《たけのうち》さん、間違っていたらすみません。もしかして以前、ご来店いただいたことはなかったですか？」

「え？」

あまりに驚いたせいで僕は、自分でも素《す》っ頓狂《とんきょう》と思われるような高い声を上げてしまった。

「その驚きようだと、来たことがあるんだな？」

愛が悪戯《いたずら》っぽく笑い、確認を取ってくる。

「あ、うん。実は一度だけ。でも四、五年前ですよ」

前半は愛に、後半は山本に答えると、山本は、

「やっぱり！」

と嬉《うれ》しそうな顔となった。

「いや、前に刑事さんといらしたときに、どこかで見かけたことがあるような、とずっと

気になってたんですよ。ただ、あのときは竹之内さんのことも刑事だと思っていたから、警察関係には知り合いはいないし、気のせいだろうと思っていたんですが」

「刑事のふりして聞き込み？」

愛がにやりと笑い、そこを突っ込んでくる。藤田《ふじた》と共に聞き込みをしたときの様子を愛はからかいのためかよく聞きたがったが、頑として明かすまいと決めており、藤田にも固く口止めしている。

自分がまったく役立たずだったのが恥ずかしかったからなのだが、まさかここでまた話題となるとは、と首を竦《すく》めた僕に向かい、山本が明るい口調で話を続ける。

「確か四年前の、クリスマスシーズンで、予約したのはお連れ様のほうでしたよね」

「ああ……そうです。クリスマスのちょっと前でした」

そうだ。彼女の誕生日がクリスマスの一週間前で、その日にこの人気店を予約したのだと、かつての同期は泣いていた。

確かその場でプロポーズも考えていたのに、と、指輪まで見せてくれたことを思い出していた僕に山本は、とんでもない話題を振ってきたのだった。

「予約のときに、プロポーズの場として選んだ、ということだったので、様子を見て何かサプライズを、と、実はおやっさんは考えていたんですけど、結局やめたんですよ。理由は……あ、言っていいですかね」

「……え……？」

山本は『しまった』という顔になっている。なぜそんな表情を、と首を傾《かし》げた次の瞬間、もしや、と気づいた。

「あ、違います。あれは。全然そういうんじゃないのでっ」

ちょっと待ってくれ。あのときの僕は、彼女にふられた同期の付き合いで、来店しただけだ。予約三カ月待ちの人気店をキャンセルするのは惜しいという理由だったが、まさか男同士のカップルと間違えられていたとは、という驚きに見舞われていた僕の前では愛が、

「初耳だな、それは」

と面白そうに笑っている。

「プロポーズされた、思い出の店ならそう言ってくれればいいのに」

「違うって」

山本が困ったように頭を掻《か》いている。誤解に誤解を重ねている、とわかるだけに僕は、まずは愛に言い返したあと、事実を山本に知らしめることにした。

「いや、あの、本当に違うんです。あのとき一緒に来店したのは昔の同僚で、プロポーズするはずだった彼女にふられたけれども、三カ月前に予約した人気店をキャンセルするの

は忍びないということで、その日暇だった僕に白羽の矢が立ったってだけなんですよ」

慌てて言い訳をし始めた僕を愛は、

「またまた」

と揶揄《やゆ》してくる。

「照れるな、竹之内」

「照れてないから」

まったくもう、と愛を睨む。と、山本は、

「そうだったんですか」

と、どこか安堵した顔になると、しみじみとした口調で話を続けた。

「特製のデザートをおやっさんが出すのをやめたのは、てっきり、男同士のカップルだったからだと思ってました。お二人とも居心地悪そうにしていらしたし、食べたらすぐにお帰りになりましたしね。悪目立ちさせては申し訳ないと案じたからだとばかり思っていたんですが、あのとき、おやっさんがぼそっと『違う』と言っていた、その理由が今、わかりましたよ」

そうか、そうだったのか、と山本は一人納得していた。

「おやっさんは見抜いていたんですねえ。カップルではないと。だからデザートを出さなかったんだ。コングラチュレーションとチョコ文字で皿に描いてましたしね」

「それは……もし出されていたら……その瞬間、店飛び出していたかも……」

想像するだけでいたたまれない。彼女にふられたばかりの同期も立ち直れなくなっていたかもしれない。

プロポーズするつもりだ、なんて予約のときに言う同期も同期だが、それにしても、と僕は今更のように『おやっさん』こと清水野聖人《まさと》前シェフの、人を見る目の確かさを思い知っていた。

「やっぱりお父さんにはかなわないかも……」

絵里花がぼそ、と呟《つぶや》く横で、富士もまた項垂れる。

「落ち込む必要はないぞ。俺なんて未《いま》だに勘違いしてたんだから」

山本のフォローに富士も絵里花も「ありがとうございます」「すみません」と謝っていたが、表情は強張《こわば》ったままだった。

「あっという間に追いついたら、それはそれでお父さんも複雑じゃないですかね」

愛のフォローでようやく二人の顔には笑みが戻った。

「そうですよね。僭越《せんえつ》ですよね」

富士がそう言い、絵里花もまた「そうですね」と大きく頷いている。

「父と母が二人して店を育てていったように、私も康正《やすまさ》と一緒に、山本さんたちの力を借りて、お店を育てていこうと思います」

「よく言った。おやっさん、喜んでるよ」

店が軌道《きどう》に乗るまでは、と、暖簾《のれん》分けの許可が出ていたにもかかわらず、当面店に残るという選択をしてくれた山本の目に光るものがある。

この店はきっと繁盛するに違いない。料理も美味しかったし、何より店の人たちが皆、温かい。

山本の言うとおり、天国では前のオーナーシェフが安堵し笑顔となっているだろう、と僕もまた笑顔になりながら、談笑を続ける皆の様子を見つめていた。

「美味しかったね」

家に戻ったあと、お腹《なか》はいっぱいだったけれど、少し飲みたい気持ちだったので、愛を誘い、リビングでグラスを合わせた。

「ああ、あの店はいいね」

愛もまた少し紅潮した頬《ほお》を笑みに綻《ほころ》ばせ、ワインを一気に呷《あお》ってみせた。上機嫌なのは、とその理由と思《おぼ》しき話題を振ることにする。

「事件からもう三カ月か。絵里花さんが元気を取り戻してくれてよかったね」

「本当に。見ちゃいられなかったからね」

亡くなった父親の意図を知ったときの彼女は、倒れてしまうのではないかというほど泣いて泣いて泣き崩れていた。立ち直ることができて本当によかった、と頷いた僕の横で愛もまた、笑顔で頷いていたが、ふと、思いついた顔になり身を乗り出すようにして問うてきた。

「君にプロポーズをしたもと同期は、その後、どうなったのかな?」

「プロポーズはされてないって」

まったく、と愛を睨んだあと、彼はどうしたんだったか、と思いを馳《は》せる。

「去年あたり、結婚したと聞いた気がするよ。まさかあのとき、男同士のカップルと間違えられていたとはね」

教えてやったら受けるかな、と笑う僕に、

「そんな古傷を抉《えぐ》るようなことはやめておけよ」

と愛もまた苦笑し、僕の額《ひたい》を小突いてきた。

「古傷……まあ、そうか。指輪も買ってたしね。あれ、どうしたんだろう？」

「さすがに使い回せないだろうしね」

暫《しばら》くかつての僕の『恋人』話で盛り上がったあと、ふと話題が途切れる。

「そういや愛もよく、人の観察をしているじゃないか。あれって、何かコツがあるのか？」

清水野はよく客を見ていた、ということからの連想で、愛もまた観察眼が素晴らしいと思いついたがゆえの話題だった。

ちょっとした行動やら表情から、愛は相手の考えていることや状況をぴたりと当てることが多い。

そこから推理に発展する場面も幾度となく見てきた僕は、もしコツのようなものがあるのなら、絵里花や富士に教えてやったらどうだろう、と思い問うてみたのだった。

「コツを聞いてどうする？　また藤田君との聞き込みのときに使うのかい？」

愛が悪戯っぽく笑い、突っ込んでくる。

「あー、それはあるかな……」

いつもは愛と同行しているので、コツなど考えたことがなかった。ただ『ついていった』だけだったことを、藤田との聞き込みで思い知らされた。

あのときも藤田におんぶにだっこ状態で、ほぼ何の役にも立っていなかったということへの反省を込め、頷いた僕を見て愛が呆《あき》れた顔になる。

「今のは嫌みだよ。藤田君は随分、斎藤《さいとう》さんに絞られたらしい。警察官でもない君を刑事と騙《だま》して聞き込みをするなんて、言われるまでもなくしちゃいけないことだろう。藤田君がクビにでもなったら、どう責任をとるつもりだったんだ？」

「……確かに……」

責任などとれるものではない。愛の言うとおり、年長者の僕が止めるべきだったのだ。止めるどころか、頼み込む勢いで行動を共にしていた自分が情けない、と項垂れた僕のグラスに、愛が、チン、とグラスをぶつけてくる。

「とはいえ、元凶は僕にあったからね。君を叱《しか》る資格はない。逆に謝らないとだな」

「謝らなくてもいいから、コツは教えてほしい。どうやったら相手が考えていることがわかるのか」

図に乗ったわけではないが、この機会に聞いておきたい、と思い、顔を上げて問いかける。と、愛は、少し考える素振りをしたあと、ちら、と僕を横目で見やり口を開いた。

「コツはやっぱり、店でも言ったけれども経験を重ねることだよ。常に観察するつもりで周囲に目を配ることと、その結果を覚えておくこと。人の行動はパターンがあるものだし、きっかけとなる行為もかぎられている。こう動いたときにはこうなる、もしくはこう思っている、と理解し、それを重ねていくことで、だんだん読めるようになってくるんじゃないかな」

「コツなんてなくて、コツコツ経験を重ねる、が答えか」

「コツとコツコツをかけた？」

「かけないよ。今気づいた」

「受けを狙ったのかと思った」

揶揄してきた愛に言い返してやろう、と口を開きかけたとき、

「でもまあ」

と愛のほうが先に言葉を発し、僕の顔を覗《のぞ》き込んできた。

「一番確かなのは『会話』だよ。相手の気持ちを推察する『コツ』をいくら身につけたとしても、実際、言葉で聞かないかぎりは正解とも不正解ともわからない。『会話』にまさるものはないよ」

「まあ、そうだよね」

会話が大事ということは、僕も愛も今回の件で思い知っていた。その結果、今まではなんとなく流していたことも、敢《あ》えて問うたり答えたりするようになっている。

実際、言葉にしたり言葉として聞いたりすると、意思の疎通がこうも容易《たやす》く、そして理

解が深まることとなるのか、と改めて僕は体感していた。

一緒に暮らし始めて二年も経《た》つと、なんとなく『わかった気』になってしまうが、実際は『わかって』などいなかったことを知ったのは、互いのためにもよかったと思う。

そのために言葉はあるんだしな、と、その『言葉』を使い全国の人々に思いを伝えるニュースキャスター、愛が僕に問うてくる。

「では竹之内君、初めての単行本がいよいよ来月、書店に並ぶことに対する君の今の心境を言葉で伝えてもらえるかな？」

「そりゃもう、最高にドキドキしているよ」

嬉しさ反面、皆に受け入れてもらえるかという不安がこの上なく高まっている。しかし愛に最高の宣伝文句を帯に書いてもらったことが僕の自信に繋《つな》がっていた。

彼が書いてくれたのは――。

『この本を手に取ったことを決して後悔させないと約束します』

他にも勿論《もちろん》、作品について触れてくれていたけれど、この一言に僕の心がどれだけ弾んだか、そして安らいだか、その感激をちゃんと愛には伝えていたんだったたか。

やはりここは言葉で伝えないとな、と僕は改めて愛を見ると、

「今のうちに『ボン・ニュイ』を予約しておこう。君の初単行本の出版記念日に」

とあまりに嬉しいことを言ってくれる彼に向かい、思いの丈をすべてぶつけようと、大きく息を吸い込んだのだった。

※この作品はフィクションです。実在の人物・団体・事件などにはいっさい関係ありません。

集英社オレンジ文庫をお買い上げいただき、ありがとうございます。
ご意見・ご感想をお待ちしております。

● あて先
〒101-8050　東京都千代田区一ツ橋2-5-10
集英社オレンジ文庫編集部 気付
愁堂れな先生

集英社
オレンジ文庫

キャスター探偵 愛優一郎の冤罪

2018年10月24日　第1刷発行

著　者　愁堂れな
発行者　北畠輝幸
発行所　株式会社集英社
〒101-8050東京都千代田区一ツ橋2-5-10
電話【編集部】03-3230-6352
【読者係】03-3230-6080
【販売部】03-3230-6393（書店専用）
印刷所　凸版印刷株式会社

※定価はカバーに表示してあります

ISBN 978-4-08-680215-4 C0193